交換ウソ日記3
〜ふたりのノート〜

櫻いいよ

STARTS
スターツ出版株式会社

知ってしまったのは、きみの本音
気づいてしまったのは、きみのウソ
だから、おれは――あたしは、
知らないフリをして恋をする

目次

サックスブルーの、日々　9
ベビーピンクの、片想い　89
チャコールグレーの、両想い　195
レモンイエローの、奮闘　285
ミルキーホワイトの、明日　337

交換ウソ日記3　～ふたりのノート～

サックスブルーの、日々

10

彼が拾ったノート

あー　彼氏がほしい
誰でもいいからつき合ってくれないかな

あ　でも　有埜《ありの》景《けい》はだめ
有埜景は　きらい　だいきらい
だから　いや

なんだこれは、おれへのいやがらせか。

自分の名前が殴り書きされているノートを見て、眉間《みけん》に皺が寄る。

誰でもいいからつき合いたい、と言うどこかの誰かに、名指しで拒否られるとは。

おれはお前とつき合いたいと言った覚えはない。っていうかお前は誰だ。


昼休みに、このA7サイズの小さなリングノートを手にしたのは、偶然だった。

おれのお気に入りの読書場所である、図書室の一番奥にある窓際の低い棚。その上にこのノートがぽつんと置き去りにされていた。誰かの忘れ物だろうかと手に取り、なんとなく中を開いた。持ち主の情報はないかと思っただけだ。決して誰かのノートを盗み見してやろう、と思ったわけではない。

そこにまさか、おれの名前——有埜景——が書かれているとは。

しかも、きらいって、だいきらいって、なんなんだ。

このノートの持ち主は一体おれになんの恨みがあるんだ。

一体誰なんだ、と他のページもめくる。

どうやらとくに使用方法の決まっていないメモがわりのノートのようだった。ご飯の献立だったりコンビニデザートの感想だったり、なにかから引用した一文だったり、お腹すいた、勉強だるい、などの独り言だったりが走り書きされている。本のタイトルらしきものも書かれていた。

名前はもちろん、学年がわかるような情報は見当たらなかった。

おれのことを知っているのなら、おれと同じ二年の可能性が高そうだ。

それに、彼氏がほしい、ということは、持ち主は女子なのだろう。

いや、女子と決めつけるのはおかしいか。男子だって彼氏がほしいやつはいるだろう。学年だって、同じだと決めることはできない。

つまり、わからん。

結局、誰なんだ。

持ち主はまだ図書室にいるんだろうか、とぐるりと見渡す。けれど、おれの視界にはひとりも見当たらなかった。

理系コースのクラスだけが集まる校舎の一階のすみにあるこの図書室は、テスト前以外はいつもしんと静まっている。場所が悪いからか、四六時中解放されているにもかかわらず利用者は少ない。図書委員も存在はしているが、放課後に小一時間ほど受付にいるだけ。貸し出しも返却も自主申告制という緩いシステムでなんとかなっている。

そもそも、このノートの持ち主は、なんでここにいたのだろう。普段からよく図書室に来るやつだろうか。

でも、今おれがいるこの場所はまわりに机もイスもないし、植物や生物の図鑑などがメインの棚に囲まれているので、ほとんど人を見かけたことがない。だからこそ、おれは一日一回はここに来るくらい気に入っているのだけれど。窓際の棚は腰ほどの高さなので、座ることもできるし。

もう一度ノートに視線を戻す。

〝有埜景なんか、だいきらいだ〟

……おれがなにしたって言うんだ。

とにかく、これをどうにかしないとな。

わざわざ落とし物として職員室に届けるのも面倒だ。中身を見る限り、それほど大事な物とも思えないし。ここに置いておけば、なくしたことに気づいて戻ってきた持ち主が持ち帰るだろう。悪口が書かれているものをこのまま放置したくはないが。

「……ったく、なんだかなあ」

釈然《しゃくぜん》としないというか、なんかこうモヤモヤする。

ノートをひらひらと無意味に振ってから、貸し出し手続きをするために持ってきていた胸ポケットの緑色のペンを取りだした。

このくらいの仕返しは許されるだろ。

彼氏ができるといいですね
でも　誰でもいいとか言ってると
変な男に捕まりますよ
あと　ノートに名指しで
悪口はやめといたほうがいいですよ
本人に見られるかもしれないし

本人です、と言わないだけやさしいと思う。
まあ、人のノートに勝手に書き込むのはどうかと思うけれど。
ただ、前半は本音だ。

誰でもいいという考えで、つき合うべきじゃない。ちゃんと相手を見て、相手に見られて、お互い好きになってつき合うべきだ。

なんてことを友だちの前で口にしたら『お前真面目《まじめ》かよ』『夢見すぎ』と茶化されるのだけれど、おれは心底そう思っている。

一度、失敗したからこそ、そう思う。

いや、一度じゃないな、二度か。

そう考えると、このノートの持ち主の〝有埜景はだめ〟というのは正しい意見なのかもしれない。持ち主がおれのなにを知っているのかはわからないが。

胸ポケットに、本を読むときの栞がわりにしている水色の付箋《ふせん》が入っていたので、書き込んだ部分にぺたりと一枚貼りつけた。これで、誰かがこのノートを見た、と持ち主には一目でわかるだろう。

「ほんと、誰なんだか」

ノートをぽんっと元あった場所に置いて、独り言つ。

持ち主が気にならない、といえばウソになる。けれど、知らないほうがいい。知ったところで、いいことなんかなんにもない。

そのためにも、ノートに書き込みをしたのが有埜景本人だとバレないようにさっさとこの場を離れよう。そう思い、受付で手にしていた文庫本の貸し出し手続きをして、そそくさと廊下に出た。

文庫本をズボンのうしろポケットに突っ込んで、教室に向かう。

けれど、階段の手前で、喉が渇いたな、と思い方向転換する。

文系コースの校舎と唯一つながっている一階の渡り廊下の自販機を目指す。渡り廊下は中庭とつながっていて、校舎を出ると心地よい風がおれの髪の毛を揺らした。

視線を中庭の木々に向けながら歩く。

十一月になって、ずいぶんを過ごしやすい気候になった。ブレザーを着てちょうどいいくらいの涼しさだ。

秋は好きだ。暑いのも寒いのも好きじゃないし、春はなんとなく視界が華やかで落ち着かないから。

でも、秋にはあまりいい思い出がない。

ぼんやりとそんなことを考えていると、

「美久《みく》、どれにするか選んだー?」

女子の声と〝美久〟という名前に、体がぴくっと反応する。前を向くと、自販機の前には三人組の女子がいた。

ショートカットの女子と、黒髪ロングの女子、そして——美久、と呼ばれたサイドテールの女子が顔を上げる。

目が、合う。

――美久。

口を突いて出そうになった名前を呑み込み、ぱっと目をそらした。

しまった、露骨《ろこつ》だった、と今さら気づいても遅すぎる。けれど、美久はおれの態度を気にもとめず、なにかのボタンを押して「ごめん、行こ」と立ち去るのがわかった。

そっと視線を戻し、美久の背中に向ける。

歩く三人の正面から知り合いらしき男子の集団がやってきて、美久と一緒にいる女子に親しげに話しかけた。けれど、美久は無言のまま、中庭のほうを眺めていた。

片側の耳の下らへんでひとつに括《くく》られた髪の毛が、風でゆらゆらと揺れている。

中学生まで美久はいつもツインテールだったから、彼女の今の髪型はいつ見ても慣れない。それは、美久の性格の変化も関係しているのだろう。

別人みたいだな、といつも思う。

美久の横顔は、うつろに見えた。彼女の視界には、今なにが見えているのか、おれにはわからない。なにも映っていないのかもしれない。

美久はいつから、こんな表情をするようになったのだろう。

昔は、誰にでも親しげに話しかけ、よく大きく口を開けて笑っていた。幸せいっぱいで、毎日が楽しくして仕方がない、とでも言いたげに。近所のおばさんか同級生の親が〝幼いころに母親を亡くしたのにいつも明るく振る舞っていていい子だ〟とかなんとか言っていた。なにがどう〝いい子〟なのかはわからなかったが、常に明るいことはたしかだった。

けれど、いつからか美久は落ち着いた雰囲気になり、表情がかたくなったように思う。とくに男子に対しては、高い壁を作っているように見えた。どこにいても美久だとわかるほどの大きな笑い声は聞こえなくなった。女子と楽しげに話していても、小学生時代に比べたらずいぶんと大人しい。いつも誰かと一緒にいたのが、ときどき、ひとりの姿も見かけるようになった。

ま、成長するにしたがってかわっていくのは当然なんだけど。

小学生のころは『景くん』と呼んでくれたその声も、今はかわっているのだろう。

ふと、美久がおれのほうをちらりと見た。

再び目が合う。

「……あ、っ……」

なぜか話しかけないといけないような気がして口が開く。けれど、なんの言葉も出てこない。美久はそんなおれを見て、冷めた視線を向けてから目をそらした。

おれと美久は、三年前からずっとこんな感じだ。

こんなおれたちが、二度もつき合っていた、なんて知ったら、みんな驚くだろう。

おれと美久がつき合っていたのは、小学四年の一ヶ月と、中学一年のときの三ヶ月の、二回。

小学三年生で同じクラスになったことが、おれたちの出会いだった。

はじめての席替えでとなりの席になり、話をするようになった。日直の日は、帰る方向が途中まで同じだったこともあり一緒に帰った。

美久は、女子と話をするのが苦手だった当時のおれにとって、唯一の女友だちだった。お互いに言いたいことを言っていたから、ケンカもよくした。よくしゃべる美久におれがうるさいと文句を言ったり、おれの素っ気ない返事に美久が拗《す》ねたり。

なぜか、それが楽しかった。だから、美久が特別だと思うようになった。

そしてそれは、おれだけではなく美久も同じだったようで、おれたちはなんとなくお互いの気持ちを察して、なんとなくつき合うことになった。どちらから告白したのかは、覚えていない。

けれど、あのころのおれと美久は〝つき合う〟ということがどういうことなのか、よく理解していなかったと思う。ただ、好きだから、両想いだから、つき合うのが当たり前だから、というくらいの認識だった。

つき合うことがまわりから冷やかされることだということは理解していたから、おれと美久は、つき合ったことを誰にも言わなかった。

それまでは仲の良さをからかわれても「ばかじゃねえの」と一蹴《いっしゅう》できたのに、ふたりきりで話をするのも避けるようになった。以前のように振る舞えなくなった。

で、あっけなく自然消滅した。

二学期の終わりにつき合い、三学期がはじまるころにはこっそりしていたメッセージのやり取りもなくなって、おれたちは終わった、と、思う。

小学四年生らしい、かわいらしい恋愛ごっこだった。つき合った、にカウントすべきじゃないかもしれない。

そして、五年生になってべつのクラスになったことから、話をしなくなった。

再び美久と会話をするようになったのは、中学一年で同じクラスになってからだ。つき合って別れたことなんかきれいさっぱり忘れたかのように、美久は笑顔でおれに話しかけてきた。だから、おれも過去はなかったことにして美久と話をした。小学生のころに比べたら女子とも話すようになったので、何人かのグループで何度か遊びにも行った。

やっぱり美久と一緒にいるのは楽しかった。

だから。

『景くんのこと、好きなんだけど』

美久からそう告白されたとき、『おれも』と答えた。

今度は、うまくつき合えると思った。

だからこそ、まわりにかき乱されるのが面倒だからという理由で、つき合ったことは前と同じように誰にも言わなかった。

けれど昔のように、学校でお互いを避けることはなかった。仲のいい友だちとして、人前でもおれと美久はいい関係を築けていたと思う。

でも、やっぱりそう簡単なことではなかった。

友だちと恋人は、まったくちがう。

明るくていろんなことに好奇心旺盛だと思っていた美久は、ただのミーハーだった。とにかく流行《はや》りにばかり興味を示すので、うんざりした。美久自身が好きなものはなんなんだよ、と何度も口を突いて出そうになった。もしかしたら何回かは言ったかもしれない。

おれが興味があることを言えば『なにそれ』『面白いの?』ときょとんとした顔をするだけだったのも引っかかった。

ずっと、なにかがすれちがっていた。

たった一度だけしたデートの記憶が曖昧なのも、そのせいだろう。

そして、中学一年の終わりに美久から『別れよう』とメッセージが届いた。おれはすぐに『わかった』と返事をして、二度目のつき合いは終わった。

それからおれは美久と一度も話をしていない。

中学では二年三年と同じクラスにはならなかったし、小学生のころ以上に、お互い気まずくて避けていたのもある。

同じ高校に通っている今も、おれは理系コースで美久は文系コース。校舎がちがうので、顔を見かけるのも週に一度あるかないかだ。

すれちがっても、挨拶すらしない。完全にただの他人になっている。

そのあいだに、美久はかわった。

話をしなくなったから、その変化がおれには大きく感じた。

……もう他人なのでどうでもいいことなんだけど。

今のおれにとって美久は、最も苦手とする女子だ。どちらかというとミーハーな性格は〝きらい〟という分類に入る。昔のように話をしようという思いは微塵もない。

それでも気になるのは、やっぱり元カノという存在だから。それだけだ。

振り返った先に、すでに美久の姿はなかった。

はあ、とため息を吐いて自販機の前に立つ。そしていちごオレを選ぶ。がこん、と取り出し口に落ちてきたそれを手にしてから、いや、おれ甘いもん苦手だろうが、と自分にツッコミを入れる。美久がいちごオレが好きだとか言っていたのを無意識に思い出していたのだろう。甘いのがいい、ピンクがかわいいからいい、とよくわからない理由でいつもいちごオレを飲んでいた。さっきも、手にしていたような気がする。

「バカか、おれは」

捨てるわけにもいかないので飲むしかない。

ほんと、おれはバカだ。

いちごオレにストローを突き刺して、一口飲んで顔をしかめた。


「景、また行方不明になってたな」

教室に戻ると友人の男子ふたりがおれに声をかけてくる。そのふたりの近くには女子が三人。いつものメンバーだ。

図書室だよ、とは言わずに「ちょっと散歩」と答えて自分の席に腰を下ろす。

「自由人だな、景は。っていうか今日放課後みんなでボウリング行こうぜ」

「おう、いいよ」

面倒くせえな、と思ったのに、口では調子のいい返事をする。

「さすが景、断らない男」

なんじゃそら。

盛り上がる友人たちを見ながら、家でのんびりする時間がなくなったな、とひとり肩を落とす。そのことに、誰も気づかない。

「有埜くん、ほんっと誘い断らないよね。っていうかみんなで集まるの好きだよねぇ」

「そういうわけでもないけど」

そばにいた女子に言われて、苦く笑う。

本当は、大勢でわいわいするよりも、家でひとりで過ごす時間のほうが好きだと知ったら、友人たちはどんな顔をするのだろう。いちいち説明するのは面倒なので言わないけれど。

誘いを断らないのも同じ理由だ。面倒だから。

なんで、とか、用事あるの、という質問に対応するくらいなら、一緒に遊んだほうが楽だ。ひとりの時間は好きだけれど、友だちと遊ぶのがきらいなわけではないし。参加すればそれなりに楽しい時間になるのも知っている。

っていうか、人のこと言えないくらい、女子たちもよく遊んでるけどな。

ボウリングで勝負しようぜ、という話で盛り上がる友人たちをぼんやりと眺めながら、苦手ないちごオレを飲む。口に含むたびに、美久が脳裏をよぎる。

そこに、ひとりの女子がおれの顔を覗き込んできた。

「つき合いいいくせに、妙にクールだよねぇ、有埜くん」

女子がぽつんと呟《つぶや》いた。

「なんだそれ」

「うーん、なんだろう、壁を感じる？　とくに女子に？」

「そんなことないだろ」

ははは、と笑って答えながら、内心、バレてることに若干《じゃっかん》驚く。

彼女の言うように、おれは女子のことが苦手だ。グループではそれなりに話をして笑って過ごしているけれど、一対一ではほとんど絡んでいない。

なにを話せばいいのかよくわからないんだよなあ。

幼いころのおれは、思ったことをはっきり口にしてしまい女子をよく泣かせていた。

そうなったのは毎日のようにケンカをしていた三歳年上の姉が原因だと思う。なにを言っても五倍十倍にして言い返してくる、おれを完全に言い負かす姉と過ごしたせいで、それが普通になっていたのだ。まさか『おもしろくないからいい』とか『それのなにがかわいいんだよ』とか言うくらいで泣くとは思っていなかったのだ。

どの程度までなら言っていいのかさっぱりわからなかったおれは、次第に女子と話すのを避けるようになった。

その結果、女子には『景くんはひどいことを言うからきらい』にくわえて、『しゃべらないからつまんない』ときらわれ避けられた。泣かれるよりマシだ。

けれど、美久はちがった。

美久は姉ほどじゃないけれど、思ったことを好きに口にして、おれがなにを言っても怒ることはあったが泣くことはなかった。女子とそれなりに話せるようになったのは美久と仲良くなったからだと思う。

それからだろうか、よくわからんがおれはモテはじめた。

おれの身長が伸びてきたからとか、それに伴《ともな》い走るのが速くなったからとか、スポーツはなにをしても平均以上にこなすことができたとか、バスケ部で活躍していたとか、そういう理由だろう。っていうか、女子がそう言っていた。

女子と話をするようになったことで怖いイメージを抱かれることが減り、元々あまり感情表現が豊かなほうではなかったことが、クールで落ち着いている、大人っぽいと思われるようになった。遊びの誘いは断らないが、知らない女子がいるときは断るのも、チャラチャラしていなくていいらしい。

みんな——美久も——おれを誤解している。

本当のおれはただの面倒くさがりだ。

誘いを断らないのも、面倒だから。知らない女子とは遊ばないのも、面倒だから。

そして、——おれが自分の趣味を男友だちにすら言っていないことも。

おれは、約束がなければ休日は家から一歩も外に出たくないほどのインドア派だ。

本を読んだり、絵を描いたり、音楽鑑賞をしたり、映画を観たりする〝ひとりの時間〟がなにより好きで、流行りものには一切興味がなく、どちらかと言えばマニアックなジャンルのものを好む。

夏になればキャンプ、冬になればスノボに行く。でも、実際は快適な室内にいるほうが好きだ。汗をかくのも寒さに耐えるのもきらいだ。

好きなものがあふれている自室の中でならば、何時間でも何日でも満足できる。というかむしろそうしたい。ベッドの上で惰眠《だみん》をむさぼり、ラジオをぼーっと聞いているだけで楽しい。

それが、本当のおれだ。

――『思ってたのと、ちがう』

ふと、二度目の別れの前に美久から届いたメッセージの文面が脳裏《のうり》に浮かんだ。

〝あー　彼氏がほしい　誰でもいいからつき合ってくれないかな〟

そして、さっきのノートの文字を思いだす。

やめとけ、名前も知らない誰か。適当につき合っても時間の無駄だ。ちゃんとわかり合ってからつき合え、とまでは言わないが、多少なりとも本来の姿をお互いに理解していなければ、遅かれ早かれ迎える結末は別れだけだ。おれが実証済みだ。

だからこそ、おれは美久と別れてから、すべての告白を断っている。

誰かとつき合う、ということほど今のおれにとって面倒なことはない。

「今年のクリスマスコスメ予約したの？」

「かわいーよねえ。今流行りの色が揃ってるところもいい」

「っていうかパッケージがいい」

女子たちが盛り上がっている様子を眺める。そばにいる男子は「なにそれ」「化粧品ってたっけえ」と茶々を入れていて、それに対して女子が「わかってないなあ」と冷めた目をしていた。

たしか姉ちゃんも同じようなことを毎年冬が近づくと言っている。

毎年毎年限定のなにかをほしがる理由がおれにはよくわからん。姉ちゃんが言うには毎年流行りの色がちがうからとかなんとか。

ミーハーな美久も同じようなことを言っているにちがいない。

良し悪しの判断をまわりに委ねているくせに、まるで自分の趣味かのように軽率にハマる。そして、飽きる。おれにとってのミーハーはそういうイメージだ。

だから、ミーハーなのはあまり好きじゃない。

というか、きらいだ。

女友だちが口にしているのは気にならないけれど、もしも自分の彼女だったら面倒だなと、うんざりする。

「あーいた！　どこ行ってたんだよ、景！」

女子たちの会話を聞きながら考えていると、クラスメイトの陣内《じんない》——ジン——がドアを勢いよく開けておれの名前を呼んだ。

「急になんだよ、っていうかジンこそどこ行ってたんだよ」

「職員室。二時間目に没収されたゲーム機取り返しに行ってたんだよ」

無事返却してもらえたらしく、ジンはゲーム機を抱きしめている。

「よかったじゃん」

「いや、それだけじゃねえんだよ、聞いてくれよ！」

ずんずんと近づいてきたジンは、がっしりとおれの肩を掴《つか》み顔を近づける。至近距離にジンの彫りの深い濃い顔があり、それだけで胸焼けがしそうだ。

「なんなんだよ」

「オレ、一目惚れをしてしまった……！」

なんでそんなことをわざわざおれに報告してくるのか。

小学校からの腐れ縁であるジンの一目惚れ報告を聞くのはこれで何度目だろうか。三、いや、五回目くらいか？　それ自体は悪いことでもなんでもないのだけれど、ジンは元々情にも趣味にも熱すぎるところがあり、こと恋愛に置いてはそれがより一層顕著《けんちょ》に出る。そしてそれが原因で恋愛では全敗している。

見た目はそんな悪くないのに、モテない。ドンマイ。

「まあ頑張れよ」

とりあえず声援を送ると、

「おう！　で、景に頼みがあるんだ」

と言い出した。

顔をしかめると、ジンはぱんっと目の前で両手を合わせる。

これはマジのやつだ、とまわりの友人が面白そうな顔をしておれとジンの会話に耳を傾けている。

「なんだよ……おれにできることは少ねえぞ」

「景、文系クラスのまほちゃん、って知ってるか？」

「おれが女子のこと知るわけないだろ。しかも文系って。接点ねえし」

だよなあ、となぜかジンはうれしそうだ。

たぶん浮かれているだけだ。

「ショートカットで、目がくりっとしてて、小柄で、天使！」

天使とは。

そんなの見たことねえぞ。

「まちがいなく彼女は天使だった。ぶつかったオレに、めちゃくちゃかわいく微笑んでくれたんだ。あの笑顔を見れば全員恋に落ちるはずだ」

ジンは胸に手を当てて、芝居がかった様子で話す。うっとりとした顔でどこかを見つめていて、まるで空から降臨《こうりん》してきたマリア様でも見えているんじゃないかと思った。いや、天使だったたっけ。

ついっき一目惚れしたわりに、マジな顔だ。

「で、まずは友だちになろうと思って！　そこで、景、お前の出番だ」

「いや、なんでそうなるんだよ」

全然話についていけない。

そもそもおれはその〝まほちゃん〟という女子のことをまったく知らないのに、なんでおれの出番なんだ。

「仲良くなりたいなら自分の力で話しかけろよ」

断るおれに、ジンは「安心しろ」と肩を軽く叩いて、やさしく微笑んだ。

なんだその顔。なんかすげえムカつくんだけど。

「景がいないとダメなんだ。いや、べつに景にまほちゃんと仲良くなってほしいわけじゃねえから安心しろ。そんなのオレがいやだ」

ますます意味がわからない。

「景はまほちゃんのとなりにいるあいつに話しかけるんだ。オレひとりだったら、あいつとしか話ができないかもしれないだろ？　それじゃ困る」

あいつ？

誰のことを言っているのかわからず首を傾げる。

「景があいつの相手をして、そのあいだにオレがまほちゃんに話しかけて、仲良くなるっていう計画だ！」

「いや、誰だよその〝あいつ〟ってのは」

「まほちゃんの友だちが、小学校から一緒の瀬戸山《せとやま》だから」

……瀬戸山って、瀬戸山美久？　美久のことか。

――いや、無理！　絶対無理！　というかいやだ！

信じらんねぇ。

なんだって美久の友だちなんかに一目惚れするんだジンは。

七時間目の授業が終わってやってきた図書室に入るなり、ため息を吐く。

文系コースは六時間目で終わるため、この図書室にはおれしかいないのではないかと思うほど静かだ。

今ごろジンはおれのことを探していることだろう。昼休みからずっと、今後の作戦会議をしようとうるさかった。約束していたボウリングは、ジンを撒いてから参加すると伝えてここに逃げ込んでいる。おれが図書室の常連だとはジンはもちろん誰もしらないので見つかることはない。

だいたい作戦会議ってなんだ。昼休みにどうにかして文系コースの校舎に行く方法だとか、木曜日は理系コースと文系コースの授業が終わる時間が同じなので、その日の放課後どこかで待ち伏せをしようとかいう内容だろう。

ひとりで勝手にやってくれ。

相手が美久じゃなくてもお断りだ。面倒なこと、このうえない。

友だちと遊ぶことなら断らないが、親しくもない女子と無理やり仲良くなるのに労力を使う気はない。おれより他のやつに頼んだほうがいい。美久と顔見知りだからっておれじゃなきゃいけないわけでもない。

むしろ相手がおれだと余計難しいはずだ。なんせ元カノと元カレで、別れてから気まずい関係なのだから。

でも、そんなことをジンに説明するわけにいかないので、はっきりと断ることができないでいる。

あーくそ。

誰もいない図書室の中をとろとろと歩き奥に向かう。

「まほちゃん、か」

ぽつりと、ジンに聞いた名前を呟く。

美久は高校に入ってから、よくふたりの女子と三人で行動している。その中にショートカットの女子がいたような気がする。ただ、ジンが一目惚れするほどかわいかったのかどうかは記憶にない。

ああ、どうすっかなあ。

おれもはっきり断れないし、かといって逃げ続けても協力を回避するのは難しいだろう。ジンはちょっとやそっとで諦めるような性格ではない。

今さら美久と話せといわれても困る。想像すらできない。絶対うまくいかない。

悶々と考えながらいつも過ごしている奥の棚に近づく。と、昼休みに置いたノートがまだそこにあった。忘れていることにノートの持ち主は気づいていないらしい。

おれの名前が書き込まれているので、さっさと引き取りに来てほしいんだけど。

舌打ちまじりにノートを手にすると、ピンク色の付箋が貼られていることに気がついた。

おれが貼ったのは水色だ。ということは、おれじゃない誰かがこれを見たということか。そして、なにかを書き込んだにちがいない。

そう考えて中を開く。一度見たノートなので、二度見ることにさほど抵抗は感じなかった。

すみません！
わざわざなんか、すみません！
ただひとつ聞いていいですか
誰でもいいからつき合いたいけど
そんなこと言ってると変な男に捕まるなら
モテない女はどうしたらいいんですか

ぶふっと噴き出してしまった。

なんか、めちゃくちゃ必死だな。

おれが名前を書いて悪口はやめたほうがいい、と言ったからか、おれの名前はノートから消されている。かなり真面目というか素直な性格のようだ。おれのことをきらいなやつらしいけれど、なんか憎めないな、と思う。

棚に腰掛けて、ノートをじっくりと見つめる。

ノートの持ち主は、どんな顔をしておれの返事を読み、これを書いたのだろう。

なんとなしに窓の外を眺めると、ゆっくりと空がオレンジ色に染まりはじめていた。

夕焼けを見ると、美久を思いだす。

おれと美久がつき合ったのは、二度とも、秋の夕方だった。

美久の顔に夕焼けが反射したように見えて、そのときの笑顔を守りたいような気分になった。

本当にそう思ったのか、そんなふうに思い出を美化しているだけなのか、今のおれには判別がつかないけれど。

美久が彼女になった、あの秋の日の帰り道。

あの日がなければ、おれは今も美久を好きでいられたのだろうか。彼女のきらいな部分を知って面倒くさいと思わないでいられたのだろうか。

でも、友だちでいたかったのかと聞かれると、答えはわからない。

「彼氏、か」

なんでそんなに彼氏がほしいんだろう。ジンや他の友だちもよく彼女がほしいと言っているし、女子もおれに彼女を作らないのかと聞いてくる。

でも。

――『思ってたのと、ちがう』

美久は、別れる少し前にメッセージでそう言った。

「……他人からのイメージ、か」

窓ガラスに映り込んだ自分の顔を見つめながら思わず口にする。

まわりによく思われようと努力しているわけではない。

面倒なことを避けて、好きなことを好きなように気楽に楽しんでいるだけ。

それが、結果的におれとはかけ離れたイメージを作り出しているらしく、みんなが見ているおれは、まさしくガラスに映るおれ、という感じだ。

向こうに透けた明るいなにかを、勝手に透かして見ている。

美久も、そうだったのだろう。〝おれじゃない理想のおれ〟をイメージして、好きになっただけ。

そして、おれも美久と同じだった。

いつも笑っているから、なんでも楽しんでくれると思っていた。おれが好きなことをしても、文句を言いつつ受け入れてくれるような気がした。多少流行りが好きなことは知っていたけれど、あれほど敏感だとは思わなかった。口を開けばすぐに『最近人気』とか『今流行っている』ばかりだった。

お互いに相手を知らなかった。

お互いに勝手に相手は自分をわかってくれていると思い込んでいた。好きだと思ったし、好きだと言ってくれたけれど、だからといって思い描いていた恋人同士になれるわけではない。楽しい時間を過ごせるわけでもない。

そう考えると、つき合うって面倒くさい。

誰とつき合ってもいつかは別れることになりそうだ。おれのこと全部知って好きになってくれたらいいのかもしれないけれど、そんなの賭けだ。おれが好きになれるかもわかんねえし。そのために時間を浪費するのはもったいねえと思う。それなら趣味の時間を満喫《まんきつ》したい。

けれど、このノートの持ち主はそうじゃないらしい。

〝誰でもいいからつき合いたいけど そんなこと言ってると変な男に捕まるなら モテない女はどうしたらいいんですか〟

外の景色からノートに再び視線を戻す。

「おれとはまったく価値観が合わなさそうだな」

こういう女子とは、絶対つき合えねえな。たぶん、ひとりの時間とか必要がないタイプだ。クラスの女子の誰かが言っていたが、彼氏と四六時中一緒のことをしていたいタイプかもしれない。

絶対無理。

「変な女」

相手が誰かもわからないのに、こんなノートにこんな質問する時点でなかなかだ。

そう思って口元に手を当てると、おれはなぜか、笑っていた。

そして、カバンからペンを取りだした。

彼女が忘れたノート

誰でもいいってことは
あんたのことを好きじゃないやつでも
いいってことだろ？
なんのためにそんなやつとつき合うんだよ
モテないならモテないままでいいじゃん
ニセモノの自分を見られるより
そっちのほうがいいとおれは思うけどな

あたしの真剣な乙女の悩みに、ド正論が返ってきた。

普段よりも三十分以上もはやく学校に来て、図書室に足を踏み入れた。そして、置かれていたノートを開き、がっくりと項垂《うなだ》れる。

っていうか、この人絶対モテる人だ。モテる男の返事だ、これは。余裕が感じられる。モテないままでいいじゃん、という言葉にそれが凝縮《ぎょうしゅく》されている。

「羨ま……！」

くうっとひとり唇を噛《か》んだ。

このノートを見つけて、なぜか書き込みをしてきた彼は、どんな人なのか。

一人称が〝おれ〟なので、男子であることはわかったけれど、それだけだ。

にしても、顔も名前も知らない人とノートでやり取りをしているなんて、変なの。

あたしも、こんなこと書き込んでなにしてるんだか。

昨日、図書室に来たのはたまただった。

おばあちゃんが最近通っている図書館に読みたい本が入荷していないとしょんぼりしていたので、学校の図書室で探してみるよ、と言ったのだ。そして、メモ帳のような日記のような使い方をしているノートに必要な情報を書き込み、昨日のお昼休みにはじめてここに来た。

ただ、どうやって探せばいいのかさっぱりわからなかった。

あたしは、小説や漫画は流行っているものしか読まない。そういう作品は、書店でいつもドーンと目立つ場所に置かれているので、探す必要がなかった。

図書室は、棚にずらーっと本が並んでいる。どうやってこの中から目当てのものを見つければいいのか。

とにかく図書室をうろうろと歩いた。

闇雲に探したところで見つかるはずもなく、たった教室二部屋か三部屋分くらいしかない図書室の中で、途方に暮れた。

疲れて窓際の棚に腰掛けて休んでいたときだ。友人の眞帆《まほ》から
『美久、お昼も食べずにどこ行ってんの』『今からジュース買いに行くけど』『美久はなにかいる？』

と立て続けにメッセージが届いたので、本探しを諦め図書室を出た。

ノートを忘れたことに気づいたのは、六時間目の途中だった。

あのノートには景くんの名前を書いてしまっているのに！

そうでなくても、人に見られたら恥ずかしい内容ばかり書いている。彼氏がほしいとか、ドラマの展開を勝手に予想したりだとか、晩ご飯の献立《こんだて》とか。

SHRが終わってあわてて図書室に戻ると、ノートは窓際の棚の上にぽつんと残されていた。よかった、とほっと胸を撫でおろしたものの、すぐに見覚えのない水色の付箋が貼られているのに気づいた。

なんだろうと中を確認すると、見知らぬ誰かから書き込みがあった。

〝誰でもいいとか言ってると　変な男に捕まりますよ〟

と。

なにこの人、余計なお世話なんだけど。

と思いつつも返事を書いてしまったのは、見つけてくれた〝誰か〟が、なんとなく悪い人ではないような気がしたからだ。

だからって……なんてバカなことを書いてしまったのか。

ノートを読み返して恥ずかしくなる。〝モテない女はどうしたらいいんですか〟なんて聞いてどうするんだ。

でも、見ず知らずの誰かは、また、返事をくれた。

しかも、あたしが返事を書いたのは昨日の放課後なのに、今朝にはもう書き込みが追加されていた。朝早く学校に来て図書室に確認しに来るくらいには返事を期待していたけれど、こうして実際に返事をもらうと、なんか、変な気分だ。

「モテそうだよなあ、この人」

棚にもたれて、あらためて呟く。

文章から、それは充分に伝わってくる。ささっと書かれているけれど、整っているきれいな字でもそんなイメージを抱く。それにくわえて、行動からも。

最初の書き込みには、わかりやすく付箋を貼っていてくれた。昨日は棚の上にぽんっと置かれていただけだったけれど、今朝はノートがなく矢印の書かれたメモが置かれていた。矢印の先を辿ると、二段目の背表紙の並ぶ棚の一番端にこのノートがさされていたのだ。おそらく、第三者に見つからないように、という気遣いだろう。あたしはそんなことまったく思いつかなかった。

落とし物のノートに書き込みをするのは親切なのかどうかわからないけれど。

「変な人」

彼だけじゃなく、あたしもか。

でも、あたしはさすがに、拾ったノートに書き込んだりはしない。中を見ても、ふーん、と放置するだけだ。落とし物として職員室に届けることもしないだろう。

まさか、忘れたノートをきっかけに誰かもわからない相手とやり取りをすることになるなんて、今まで考えたこともなかった。

相手もあたしのことは知らないだろう。

なんか、ドラマみたい。

そう思うと、しばらくこの交換日記みたいなものを続けたくなる。

だって、こんな経験なかなかできるものじゃない。

それに、相手がモテる男子だったら、ここからなんかこう、恋がはじまったりなんかして。想像するとウキウキしてきた。

どんな人かな。イケメンの先輩とかかな。かわいらしい後輩男子、という可能性もある。同級生の俺様男子とか。なにそれときめく。

なんて考えたところで、相手があたしじゃ物語ははじまらないだろう。

〝誰でもいいから彼氏がほしい〟とノートに書き殴るあたしは、相当残念な女子だと思われているはずだ。前回の返事もかなり痛々しいものだったし。やり取り二回目で、相手もかなり砕けた物言いになっているのは、丁寧に対応するほどの人物じゃないことがバレてしまったからにちがいない。そのほうが楽なのでいいけど。

〝ニセモノの自分を見られるより　そっちのほうがいいとおれは思うけどな〟

ごもっともである。

返事を読み直し肩を落とすと、ポケットに入れていたスマホが振動する。

『美久ー！　もう学校にいるよね？　どこにいるのー？』

取り出して確認すると、眞帆からのメッセージが届いていた。時計を見ると、普段あたしが学校に来る時間を過ぎている。かなり長いあいだ、ここでぼんやり過ごしてしまったらしい。

眞帆に『すぐ教室行くよー』と返事を送り、ノートをカバンに入れて立ち上がった。

返事は昼休みにしよう。なんて書こうかな。

図書室を出て、廊下を歩くあたしの足取りは軽い。

朝はそわそわしながらこの理系コースの校舎を歩いたけれど、今は、ふわふわしている。晴れ晴れとした秋の天気も、あたしの気分を上げさせる。

見ず知らずの誰かとの、交換日記のせいだろう。

「あ、美久！　はよー」

教室に入ると、高校に入ってから仲良くなった眞帆がすぐにあたしに気づいてぶんぶんと手を振った。ふんわりとしたショートカットでかわいらしい顔立ちの眞帆の笑顔は、天使のようで癒やされる。小柄で華奢《きゃしゃ》な印象が余計に天使っぽい。

「ちょっと聞いてよ！　また電車で痴漢《ちかん》にあったんだけど！　滅びろ！」

ただ、性格はかなりさっぱりとしていて、口がやや悪く気が強い。そのギャップが眞帆の魅力だとあたしは思っている。

腕と脚を組んで舌打ちをする眞帆に、そばにいた浅香《あさか》や他の友だちが「またー？」「時間変えたらー？」と心配する。

「なんで痴漢のせいでわたしが時間変えないといけないのよ」

目を吊り上げて怒る眞帆に、たしかに、と思う。痴漢するほうが悪いのに、こちらが我慢を強いられるのはおかしい。もちろん、回避するのも正しいのだけれど。

あたしは痴漢にあったことがない。眞帆はよく標的にされるようで、しょっちゅうこうして朝から怒っている。休みの日に出かけるとナンパがうっとうしいとも言っていた。

「痴漢よりイケメンとの出会いがほしいんだけど」

「それはわかる」

眞帆の言葉に、友だちは大きくうなずく。

「あーあ、陣内くんとドラマがはじまらないかなあ」

眞帆は昨日、階段で出会った陣内くんに興味を抱いたらしい。あたしはそばにいなかったので知らないが、陣内くんがなにかを落としたときに眞帆が拾ってあげたとか。そのときの陣内くんが顔を真っ赤にしてめちゃくちゃかわいかったと言っていた。

「眞帆のタイプって体の大きなかわいい系だもんね」

「そう！　そうなのよ！」

浅香に言われた眞帆はぐっと拳を作った。

言われてみれば、陣内くんは眞帆の好みに一致するかも。

眞帆はアイドルのような〝かわいい〟ではなく、ギャップのあるかわいさが好きなのだとよく熱弁している。

「素直そうでちょういいじゃん。前から陣内くんのことは知ってたけど、あんなふうにかわいいなんて知らなかったよー。なんかピュアな感じ！」

眞帆がこんなふうに男子を褒めるのははじめてだ。

男子と気さくに話はするけれど、好意を向けてきた男子に対しての眞帆はかなり辛辣なところがある。痴漢やナンパはもちろん、告白されるのも飽き飽きしているらしく、呼び出されるたびにうんざりだと舌打ちをしている。

そんな眞帆が男子に興味を持つなんて。珍しい。

彼氏がほしいと言いつつ、告白はすべてお断りしていたから、本音は誰ともつき合う気がないんじゃないかと思っていた。

「美久、陣内くんと同中でしょー。なんかないの？」

「い、いやいや、無理だよ。なんもない」

ぶんぶんと首を左右に振る。

理系コースの陣内くんとあたしは小学校中学校が同じだ。

背が高く、中学時代はサッカー部のゴールキーパーを務めていた陣内くんは、めちゃくちゃかっこいいわけではないけれど、いつも笑顔でそれなりに女子から人気があった。今も、彼の名前はよく耳にする。

中学校一年までは顔を合わせれば挨拶をし、話をする、友だちのような関係だった。けれど、今はまったく接点がない。

だから、眞帆に協力することができない。

「でもさあ、陣内くんなら誰かともうつき合ってんじゃない？　ウワサは聞いたことないけど」

「えー。ショック。でもそりゃそうだよねー」

「っていうか、陣内くんって、有埜くんとも仲良くなかったっけ？」

友だちのセリフに、体がびくん、と反応する。

「そういえばよく一緒にいるよねー」

「眞帆、陣内くんと仲良くなったら有埜くん紹介してよ」

「っていうか理系コースの男子なら誰でもいい」

「でもあの辺のグループ女子もいるじゃん。いい関係の相手いるんじゃないのー？

あー、羨ましいー。あのグループにまぜてほしいー」

だよねえ、と話す眞帆たちの会話に、ははは、と笑うことしかできなかった。

文系コースのあたしたちは、なんとなく理系コースに憧れがある。クラスに男子が少ないのも関係しているのだろう。その気持ちはあたしにもわかる。

実際、理系コースにはイケメンが多い。

その中でも有埜景——景くんはかなり人気が高い。そしてあたしは、景くんとも同じ小中学校出身だ。

でもダメだ！　景くんは無理！　陣内くん以上に無理！

景くんとは絶対関わりたくない。

「有埜くんは彼女いるの？」

「いたらさすがにウワサになってるはずだからいないんじゃない？」

「先月誰かが告白してフラれてたよね。中学ではどうだったの、美久」

「いやあ、どう、だろ。彼女がいたって話は聞いたことないなあ」

知らない、と言うべきか悩んだけれど素直に答えた。

中学が同じだった子はみんなあたしと同じ返事をするはずだ。

だって——あたしと景くんがつき合っていたことは、誰にも言ったことがないから。

実は、あたしが景くんの彼女だったんだ、と眞帆たちに言ったら、どれだけ驚かれることだろう。

絶対言わないけれど。

それに、今はどちらかと言えばきらいな相手だし。

いっつも澄ましていて、堂々としているところが、好きじゃない。あたしとなにもかもがちがう彼に嫉妬《しっと》してるだけかもしれないけれど、でも、きらい。

あたしの返事にみんなはとくに気にすることなく、べつの理系コースイケメン男子の話にかわった。景くんの名前がみんなの口から出てこなくなりほっとする。

ふととなりを見ると、浅香はみんなの会話にまざらずクールな表情で聞いているだけだった。

「浅香は理系に気になる男子いないの？」

「私は彼氏がいるから。彼氏以外に興味ない」

あたしが声をかけると、浅香はあっけらかんと答える。

「相変わらず彼氏一筋だなあ。ラブラブー」

あたしが茶化すように言うと「やだーごめんねえ」と浅香はケラケラと笑った。

「彼氏持ちは余裕でいいよねえ」と眞帆が眉根《まゆね》を寄せて口を尖らせる。「ごめんねー。中学からの彼氏と今も仲良くてごめんねー」浅香はぷぷぷっと眞帆をからかう。その様子に、あたしが声を出して笑うのがいつもの流れだ。

すらりとしたモデルのようなスタイルに、ややつり上がった目元の大人っぽい顔立ちをしている浅香は、見た目も中身もさっぱりとした姉御肌だ。

そんな浅香の彼氏は背の高い、やや痩せ型のすごくやさしそうな、同い年とは思えないほど落ち着いた雰囲気のある男子だ。ふたりは中学二年からつき合っていて、同じ高校に通っている。

登下校やお昼はかならず一緒にいるほど、誰もが羨む仲の良さだ。浅香が自慢をするのも、そしてそんな浅香に眞帆が嫉妬をするのもわかる。

もちろん、あたしにとっても浅香と彼は理想の恋人同士だ。

「ああ、あたしも彼氏ほしいなあ……」

はーあ、とため息まじりに口にする。と、ふたりは「はいはい」と呆れたように言う。あたしが彼氏をほしがるといつも同じ返事だ。

……あたしってそんなに彼氏できそうにないのだろうか。

前は「もー」と大げさに拗ねたり笑ったりできていたけれど……さすがに不安になってきた。

「あたしってそんなに彼氏できそうにないの?」

おそるおそる聞くと、

「っていうか、美久は本当に彼氏ほしいの?」

と逆に浅香に質問される。

「そりゃ、ほしいから言ってるんだけどー!」

今まで本気だと思われていなかった、ということだろうか。え、なんでそんなふうに思われるの。

「マジで？　なんで？」

「な、なんでって……そりゃ、高校生だし。恋愛ドラマとか映画とか観てたらいいなあって。SNSで人気のカフェとかランチとか彼氏と行ってみたいじゃん」

「SNSって、美久たまにミーハーっぽいこと言うよね」

必死に彼氏がほしい理由を語っていると、口が滑ってしまう。

あ、と思うと同時に浅香が失笑して、体が小さく震えた。

「でもわかるよ、わたしもしたーい」

いいわけを考える間もなく、眞帆が手を上げてあたしの意見に同意してくれて、ほっと安堵の息を漏らす。

流行りが好きなところをどうにか隠そうとしているのに、気を抜くとすぐこれだ。努力の甲斐あってか、眞帆たちには根っからのミーハーだとは気づかれてないと思うけれど。

でも高校生なんだもの。彼氏という存在に憧れてやまない。

高校生になったら素敵な彼氏ができて、毎日がキラキラに輝くと思っていた。

ただ、中学二年から今まではそれよりもまず、楽しい学生生活を送ることで必死だった。

――同じ失敗をしないために。

高校二年になり、眞帆や浅香たちのような仲のいい友だちができ、あたしは思い描いていた日々を過ごせている。

そして、昔に比べてまわりを気にして過ごすことがなくなり、気持ちの余裕ができてきた。だからか最近『彼氏がほしい！』という夢が再熱している状態だ。

ああ、ときめきがほしい。

幼いときに結婚を約束をしたにもかかわらず離ればなれになった幼なじみが戻ってきて恋をしたり（そんな人いないけど）、校内の俺様男子に突然告白されたり、彼女のフリを頼まれたり（実際されたら怖いけど）。

それが無理なことくらいわかっている。それでも、憧れる。

なにより、彼氏ができれば、あたしの毎日はもっと楽しくなるはずだ。

まわりを気にすることは今以上になくなるだろう。

それに、景くんとつき合ったときのいやな思い出も、払拭《ふっしょく》できる、はず。

「つまり、あたしは本気で、彼氏がほしいんだよ」

眞帆たちに真剣な顔で伝える。ノートに書き殴るくらいには本気だ。さすがにそれを言うと引かれそうなので言わないでおく。

「美久が？　マジか」

「え、そんなに意外？」

けれど、なぜか眞帆と浅香は顔を見合わせて苦く笑う。どういうことだ。

「だってさあ」

「あ、瀬戸山」

眞帆が口を開くと同時に、背後から名前を呼ばれて振り返る。クラスメイトの男子が教科書を手にしてあたしのほうに近づいてきた。

「なに?」

「となりのクラスの女子がこれ渡してくれって」

そういえば昨日友だちに貸したっけ。眞帆たちと話をしていたあたしに気遣い、声をかけずにそばにいた男子に言付けたらしい。

「あ、ありがと」

お礼を言って教科書を机の中に入れると、眞帆と浅香がじいっとあたしを見つめていた。まるであたしの心の内を見るかのように、真剣な視線だ。

え、なに。あたし、なにかやってしまっただろうか。

「どうしたの?」

「彼氏がほしいなら、まずはその男子への塩対応どうにかしないと無理でしょ」

浅香に言われて、ぎくりとする。

塩対応。

心の中で反芻《はんすう》すると、不思議な感覚に陥《おちい》る。

「わたし、美久は男ぎらいだと思ってたんだけどー」

「いや、そんなことは……イケメン好きだし」

俳優やアイドルには詳しいほうだ。男性だけではなく女性もだけれど。

ちなみにあたしは、同級生はもちろん、先輩や後輩のイケメンにも実は詳しい。自分から話題には出さないようにしているので眞帆たちは知らないだろう。

「そう言われても、美久の男子への態度、男ぎらいにしか見えないって」

「そんなことはないんだけど、なあ」

今までも何度か眞帆に言われていたし、自覚がないわけではない。

でも、男ぎらいではないことは、あたしが一番よく知っている。

避けている、だけ。

これでも中学二年、三年のときに比べたらマシなんだけどなあ。

前はもっとあからさまに避けていたと思う。

「美久、お兄ちゃんがいるのに意外だよね」

「あ、もしかして、ブラコンとかー？」

「まさか！　お兄ちゃんみたいな彼氏とか、絶対いや！」

それはない。ブラコンはない。

ぶんぶんと顔を左右に大きく振る。

けれど眞帆は「えー」とあたしの顔を覗き込んでにやにやした。

「でも美久の家族の話の八割はお兄ちゃんのことだし」

「そ、それは」

「たしかにー。私とか眞帆みたいにママとケンカしたとか愚痴《ぐち》も言わないよね。なるほどブラコンか」

「なるほどなるほど」

「ちょっとー！　やめてよー！」

おちょくってくるふたりに文句を言いながら、内心、ビクビクする。

これ以上この話が続きませんように。

そう願うと、タイミングよく予鈴が鳴って話が終わった。

もちろん　本当のあたしを好きになってほしい

本当のあたしを好きになってくれる人なら

きっとあたしもその人を好きになると思う

でも　本当のあたしなんて
誰にも知られたくない

そりゃそうだよな
おれも本当のおれを好きになってくれるなら
つき合ってもいいと思うし
でもあんたと同じで　おれも本当のおれは
人には見せないようにしてる

ってことはさ　おれら誰ともつき合えねえな
告白されても　その気持ちを信じらんねえだろ

相手が本当のおれらを知るわけないんだから

「たしかに」

放課後の図書室でノートに書かれた返事を読み、思わず声を出してしまった。

〝告白されても　その気持ちを信じらんねえだろ〟

〝相手が本当のおれらを知るわけないんだから〟

そのとおりだ。そして、それが返事を書きながら自分でもよくわからないモヤモヤしたものの正体だったのだと気づく。

男子と話すらしないくらいなのだから、わかり合えるはずがない。

当たり前のことだ。モテるモテない以前の問題だ。

……詰んでるじゃん。

呆然と突っ立っていると、珍しく図書室に誰かが入ってくる気配がした。慌ててノートをカバンに入れ、誰にも見つからないように棚に身を隠しながら図書室を出る。

お昼休みすぐにノートを図書室に置いたのに、放課後の今には彼から返事があった。名前の知らない彼は、かなり頻繁に図書室を出入りしているはずだ。誰だかわからない以上、誰かとこの場で顔を合わすのは避けたい。

やり取りの相手にノートの持ち主があたしだと知られたくない。

それに、あたしも相手のことはあまり知りたくない。

相手が誰か知らないから、あたしは恥ずかしげもなく胸の内を伝えることができている。〝彼氏がほしい〟という落書きを見られてしまっているので、今さら取り繕ったところで無意味だし。

相手の人も誰だかわからない相手だから、こうしてやり取りを続けてくれているのかもしれない。お互いの素性《すじょう》がわかったら、この交換日記は終わってしまう可能性がある。

それは、いやだ。もうちょっと、彼と話をしてみたい。

SNSで知らない人と会話をすることはある。けれど、これはそういうのとはちがう。相手の情報がなにもない状態での秘密の会話は、かなり気が楽だ。

そそくさと廊下を歩き、理系コースの校舎のすみにある階段に向かった。普段から人の通りが少なく、おまけに今の時間、理系コースは七時間目の授業中だ。絶対に誰も通らない。

最上階まで上がって、階段に腰を下ろし再びノートを取りだした。

〝本当のあたしなんて　誰にも知られたくない〟

昼休みに書いた、あたしの文字。そして。

〝おれも本当のおれは　人には見せないようにしてる〟

この人にも〝本当のおれ〟というものがあって、それを人に見せないようにしているらしい。モテそうな人でも、あたしと同じようなことを考えたりするんだなあ。

「本当の自分、か」

こんなことを考えるなんて、くだらない。

昔はそう思っていた。今だって、気にしたって仕方ない、と思わないでもない。でも、なくならない。そのくらい、あたしはウソつきだから。

眞帆たちと一緒にいるのは、楽しい。けれど、眞帆たちの前にいるあたしは〝本当のあたし〟じゃない。

「あたしにはお母さんがいないし」

ため息まじりに吐きだした。

あたしは、まわりを気にしすぎて、ウソを吐きすぎて、自分を見失ったからっぽの人間だ。

いつも、笑っていた。あたしは幸せだから。

お母さんがいなくてもおばあちゃんやお父さん、お兄ちゃんがいてくれる。友だちもいて毎日が楽しい。

だから笑う。笑っていれば、あたしはちゃんと幸せそうに見えるから。

それでいい、と思っていた。

『美久って男子の前で態度ちがうもんね』

――中学一年の終わりに、そう言われるまでは。

『美久ちゃん、この前有埜くんと一緒に出かけてたでしょ』

数人の女子と廊下で談笑しているとき、そう言われたのがきっかけだった。

当時あたしは景くんとつき合っていて、数日前の休日に、景くんとはじめてデートに出かけた。誰かに見つかると面倒だから、と景くんが言ったので、県外まで行ったのに、見られてしまったらしい。

『もしかしてつき合ってるの？』

『まさかー。たまたま、会っただけ』

当時、すでに景くんは女子に注目されていて、言葉にはしないけれど好意を抱いているんだろうなと感じる友だちが何人かいた。景くんとつき合ったことを中学でも黙っていたのは、変に目立ちたくなかったからだ。

だから、デートを見られていたことに内心冷や汗を流しながら『偶然だよ』と、へらへらと笑ってごまかした。

『ほんとにー？　実はつき合ってたりするんじゃないのー？』

その輪の中にいた、かみちゃん、という友だちが言った。

ハキハキしていて、男子相手でも怯むことなくケンカができる、正義感にあふれた友だちだった。あまり男子にもイケメンにも興味がなく、あたしや他の友だちが流行りのドラマや人気のアイドルについて語っていると、ふーんと言うだけだった。男子と一緒にすごい話題になった漫画について話しているときも『漫画より小説が好きだから』『流行ってると興味でないんだよね』と素っ気なかった。それがなんだか大人っぽくて、かっこいいなと思っていた。

『ふたり仲いいもんねえ』

『そ、そんなことはない、と思うけど』

『つき合ってなくてもいい感じだったりするんじゃないのー？』

友だちが楽しげに笑いながらあたしを肘を突く。

否定していたけれど、〝仲がいい〟と言われたことはうれしかった。

昔の景くんはあたし以外の女子とあまり話をしなかったけれど、中学生になってからはたくさんの女友だちがいたから。

でも、その中で、あたしは特別に見えるのか。やっぱりつき合っていることを隠してても、わかっちゃうのかな、って。

そんなふうに感じて、思わず頬が緩んだ。

そのときだ。

『でも、美久って男子の前で態度ちがうもんね』

かみちゃんがそう言って笑った。

『男子の前だとニコニコキャピキャピする感じだよね』

『すぐ流行りに乗っかるのも、仲良く話すためでしょ？』

『じゃないと次から次へといろんなもの好きになったりしないよね』

『男子と話すとき距離が近いしね』

そんなことない。そんなつもりはない。

呆然とするあたしに、かみちゃんは『自覚なかったの？』と首を傾げた。

『まあ、美久はちょっと空気読めないもんね』

『ぶりっこになってるから、気をつけたほうがいいよ』

『そこが美久のかわいいところだけどさ』

『もうちょっとまわりにどう見えるか考えたほうがいいと思う』

『親がいない話とかも、同情誘っているように感じる人もいると思うし』

そのとき、かみちゃんがどんな顔をしていたのかは、覚えていない。まわりの友だちがなんて言っていたのかも。クスクスと笑っていたような気もするし、普段あたしと話しているときのような口調で明るく『そうかも』と同意していたのかもしれない。

でも、なにひとつ覚えていない。たぶん、聞こえてこなかったのだろう。

かみちゃんの声だけが、頭の中に響いていた。

友だちの背後の空が今にも雨が降りだしそうなほど暗かったことは、はっきりと記憶に残っている。


そんなふうに思われるなんて、夢にも思っていなかった。

男子と話しているときのあたしがどんな態度だったか、思い出せなかった。

それに、お母さんの話をするときも。

男子に好かれたいと思ってなにかを意識したことはない。当然、同情を引きたくてお母さんがいないのだと口にしたことも、ない。どちらかといえば、あたしは同情されないようにと、自ら伝えるようにしていたつもりだ。

けれど、口にすることで、逆に気を遣わせていたらしい。

自覚がなかったあたしの振る舞いは、思いも寄らないイメージを相手に与えていた。

笑っていればいいのだと思っていた。それは決してマイナスにはならないのだと信じていた。

そんなあたしを、みんなはどう思っていたのだろう。

ぶりっこ。無神経。空気が読めない。ワガママ。がさつ。

いくつもの単語が浮かんできて、それは切れ味のよくないナイフみたいに、あたしの心をビリビリと痛ませる。

ちがう。そんなはずはない。でも、そうなのかもしれない。わからない。

否定ができないのは、少なからず自覚があるからなのかもしれない。

それから、あたしは家の話を極力しないようにした。お母さんの話はもちろん、おばあちゃんが車椅子であることも、家事を手伝っていることも。

そして、男子との接触も極力避けるようになった。露骨すぎると、かみちゃんたちに『気にしてるの？』『どうしたの』と言われるだろうと思い、できるだけ会話をするような機会にならないよう気をつけた。流行りについての話題をしないようになったのもそれからだ。

友だちの態度が急にかわった、なんてことはない。かみちゃんも、廊下での会話のあとも、それまでと同じように気さくに話してくれた。

かみちゃんは、あたしのために言ってくれたのだ。あたしがまわりにこれ以上悪いイメージを抱かれないように、教えてくれただけ。

けれど、苦しかった。

気にしていないようにしなければいけない。かみちゃんにあたしが落ち込んでいることは知られちゃいけない。けれど、同じような振る舞いもしちゃいけない。

笑って過ごした。頬が引きつるほど、笑っていた。頭の中では常に、まわりがあたしをどう見ているのか、どう見えるのかばかり考えながら。

景くんと別れたのも、そのころだ。

そして、あたしはそれ以降友だちに忠告されることはなく、無事に中学を卒業した。

中学時代のことは、いやな思い出なわけではない。それなりに楽しかった。

でも、気が休まらなかった。

同じ中学から進学する子の少ないこの高校を選んだのは、すべてを一新したかったから。まわりの気持ちに鈍感だったころのあたしを知らない人たちと過ごすために。

一からやり直すような気持ちだった。逃げたとも言える。

高校では、男子とは必要最低限の会話しかしないようにした。そばに女子がいるときは、とくに気をつけて男子と言葉を交わした。極力言葉を減らし、短い時間で終わるように。当然、合コンには行かないし、男女一緒に遊ぶときも断っている。

思わせぶりなことをしないように。そうしていると、誰にも思われないように。

――『男ぎらいにしか見えないって』

友だちにそう言われるほど。

彼氏ができないのは問題だけれど、男ぎらいだと思われるのはそれほど悪いことではない。ぶりっこだと言われることに比べたら遥かにいい。中学のときよりも、ずっと肩の力を抜いて日々を過ごせている。

けれど、時折どうしようもなく不安に駆られることがある。

それまでのあたしが、自分では考えもしなかったイメージを抱かれていたように、主観と客観はまったくちがうことをあたしは知っている。

今のあたしは、正しいのだろうか。誰かを不快にさせてはいないだろうか。

一緒にいてくれる眞帆や浅香は、実はあたしのことを空気が読めない子だとは思っていないだろうか。

訊きたい。はっきりと教えてほしい。だめなところを指摘してほしい。

でも、聞きたくない。怖い。これだけ意識をしていても、中学時代とかわらない印象だったら、どうしていいのかわからない。

ごまかし笑って、隠して、取り繕って、まわりを気にして、不安になって。

——本当のあたしってなんなんだ。

「だめだ、帰ろ……」

ずんっと沈んだ気持ちから浮上しなければ。

ぶんぶんと頭を振って、すっくと立ち上がる。ノートに返事を書いてから帰ろうと思っていたけれど、今はなんにも思いつかない。家でゆっくり考えよう。

背筋を伸ばして深呼吸をし、なんとなしに耳を澄ます。

文系コースはすでに授業が終わっているけれど、理系コースはまだ授業中だ。校舎には、屋外の騒がしさと屋内の静けさがまざった不思議な音が広がっているように感じる。

この校舎のどこかで、景くんは授業を受けている。

「景くん、元気そうだったな」

気がついたら、呟いていた。

昨日、渡り廊下で見かけた景くんは、昔となにもかわっていなかった。

ひとりで堂々と歩いていた。

景くんを見るたび、あたしと真逆だな、といつも思う。

友だちといてもひとりでいても、女子に笑いかけていても、男子とバカなことを言ってゲラゲラ笑っているときも、どこか落ち着いた雰囲気を纏っている。

いつだって景くんは景くんだった。

それは、自分に自信があるからなんじゃないかと思う。まわりからどう見えているか、なんてことに悩むようなことはきっとない。

見えている世界だけを、見ている。見えないものに振り回されない。わからないことに思い悩んだりしない。迷わないで、歩ける人。

だから、あたしは景くんのことを好きになったのかもしれない。

そして、一緒にいると自分がひどくかっこ悪くて情けない存在に感じた。

あのころの景くんに、あたしはどう見えていたんだろう。

中学のときに告白をしたのはあたしだ。小学校のとき以上に、景くんと一緒にいたい、もっと話がしたい、と思ったから。そして、景くんは『おれも』と言ってくれた。

でも、あたしは、景くんの求めたような彼女ではなかった。

――『流行りばっかり気にしなくていいだろ』

――『他人は関係ないじゃん』

流行りのドラマも映画、流行りのデートコース、オシャレ、スイーツ、いつだって景くんはあたしの話につまらなそうな顔をして、そう言った。

最初で最後のデートも、景くんはずっと、不機嫌そうだった。ずっと上の空で、つまらなさそうにしていた。すごく感じが悪くて、めちゃくちゃ居心地が悪かった。

まわりに流されるミーハーなあたしのことを、バカにしていたのだと思う。

そんなときだったから、余計にかみちゃんの言葉が胸に刺さった。

このままではあたしはきっとフラれる。そう確信して、傷つく前にあたしから『もう終わろう』というメッセージを送った。景くんはあっさり『わかった』と返事をした。

それから、あたしたちはただの他人になった。

同じクラスには一度もならなかったし、偶然にも同じ高校に入学したものの、理系コースと文系コースはまったく接点がない。

偶然すれちがうことはあって、たまたま視線がぶつかっても、すぐにそらされる。ただの他人のように。過去につき合っていたことなんて、なかったかのように。

元カノ元カレの関係だから気まずいと思う気持ちは、景くんにはないだろう。あたしのことはもちろん、過去のことも、なんとも思っていない。

……それが、ひどく悔しい。

「っいや！　それ以上の気持ちはないけどね！」

はっとして、大きな声を出す。

なんか変なことを考えてしまいそうだった気がする。

あたしにとって景くんはもう過去の人だ。今考えれば本当に好きだったのかどうかもわかんないし。

ちょっとかっこよくて話をするのが楽しかったから。

恋をしたかったあたしに、ちょうどよかったから。

今は、どちらかと言えば、きらいだ。そう、あたしは景くんがきらいなのだ。

次につき合うなら、一緒にいて穏やかな気持ちになれる人がいい。やさしくて、あたしの好みに理解を示してくれる人がいい。お互い無理をしないで一緒にいられる人がいい。浅香と彼のように、相手のことをまるっと好きでいられて、好きでいてもらえるような、そんな関係になりたい。

だから、景くんみたいな男子は、絶対にいやだ。

でも、わかっている。

自分を偽って過ごしているあたしには、そんな彼氏は絶対にできない。

返事にも書いたように、あたしは本当のあたしを、誰にも知られたくない。

だって、知られたら、好きになってもらえるはずがないから。

校舎を出てから見上げた空は澄み渡る青空だったのに、どこかさびしげでくすんで見えた。雲のない空は、置き去りにされたような心細い気持ちにさせる。

ホントそうだよね

好かれることで自分に自信がほしいけど
ダメダメでヘタレで臆病者のあたしを
好きになるわけないって
わかってるんだよなあ　本当は
だから余計に彼氏がほしい！
って思うのかも

「あー、疲れたー」

体育館の更衣室を出て、眞帆がぐいっと背を伸ばしてぼやく。

「四時間目の体育ってしんどいよねえ」

「ほんとそれ。四時間目と五時間目は体育の授業なしにしてほしい」

更衣室までの移動距離に着替えもしなくちゃいけないので、昼休みが少し短くなってしまう。損をした気分だ。

今朝図書室に置いてきたノートに返事があるか見に行きたかったのに、放課後まで我慢しなければいけないのもテンションが下がる。

彼のことだからもう返事を書いてくれているはずなのになあ。

やり取りをはじめて三日。たった三日なのに、なんだか彼とはずっとノートで会話をしているみたいな感覚だ。

お互い素性を知らない状態での交換日記は、すごく楽しい。

ちょっとしたゲームみたいな感じがする。誰だかわからないから、どんな返事があるのか予想がつかないというのもいい。

でも、いつまで続けられるんだろう。

いつか相手が飽きてしまう可能性は、じゅうぶんある。でも、できることなら、もうしばらくこの不思議な交換日記を続けたいなあ。

まわりや相手を気にすることなく自分の想いを吐きだすこと。そして、反応が返ってくること。それは、誰にも見られない場所に書き殴るのとは全然ちがう。

「あー、今からお弁当とか食べる気しないわ」

「体育のあとって体だるくてお腹空かないよね。っていうか動くのもいや」

「ねー。浅香はいっつもさっさと着替えて彼氏のところに行くけど、元気よねー」

「でも彼氏がいたらあたしも動くかも」

「わたしも。まちがいない」

つまりふたりして浅香が羨ましい、という話だ。

その途中で、ポケットのスマホが震えたのに気づいて取り出した。お兄ちゃんから今日の晩ご飯はいらないという内容のメッセージだ。

「あ、そのスマホケースかわいい！　最近人気のやつじゃない？」

「そうそう。お兄ちゃんの彼女が、くれたんだよね」

えへへ、と眞帆にさりげなく自慢する。

最近話題のデザイナーのイラストが入った新商品だ。入手が困難な人気商品で、実は自分で買った。オンラインの発売情報を仕入れて、発売予定時刻の五分前からスマホを握りしめて待機し、争奪戦に勝利したのだ。

かわいいものやオシャレなものを持ち歩いていると、気分があがるのがいい。流行りが好きなミーハーな部分をなんとか隠そうとはしているけれど、やっぱり我慢できなくてこうしてちょくちょく手に入れてしまう。昔に比べたらまだマシになったし、眞帆たちに悪く言われることもないので、適度なら大丈夫なのだろう。

どこで買えるのかと興味を示す眞帆に、調べた情報を伝えながら渡り廊下を進む。

そして、文系コースの校舎に入ろうとしたとき、

「あ」

と背後から誰かの声が聞こえて眞帆と同時に振り返る。

その瞬間、喉がひゅっと音を出した、気がした。

……なんで。

なんで陣内くんと──景くんがいるの！

同じ学校なので、この前のようにすれちがったり、目が合ったりすることはある。

けれど、こんなふうに向かい合うのははじめてのことだ。

え、なんで急に話しかけてくるの？　今までそんなことなかったじゃん！　なに！

っていうか、話しかけてきたよね？　気のせい？

目を見張ったまま固まるあたしを、景くんはちらりと見てすぐに目をそらした。

あからさまな態度に、きゅっと唇を噛む。

「ああ、陣内くん」

あたしの様子に気づかない眞帆が、親しげに名前を呼んで手を上げる。

「え、眞帆、知り合い？」

「話しかけられたって話したでしょー」

そういえば言ってたな。でも、声をかけられるほど親しくなったとは知らなかった。

たまたまぶつかったか、ものを拾ったか、くらいだった気がするのだけれど。

疑問に思っていると、眞帆に近づく陣内くんの表情を見て謎が解ける。

どうやら陣内くんは眞帆に一目惚れしたらしい。目尻が下がっていて、口元も緩んでいる。頬もほんのりピンク色だしまちがいないだろう。こんな陣内くんを見るのははじめてだ。

眞帆が彼のことを〝かわいい〟と言っていたのも、なるほど、と思った。わからなくもない。

「もしかして眞帆ちゃんたち、四時間目体育だった？」

「そうそう。よくわかったねえ」

「なにしたの？」

陣内くんは、眞帆しか見ていなかった。眞帆もまんざらではなさそうな雰囲気だ。

自分に好意を示す男子には素っ気ない態度を取る眞帆がこんなに笑顔なのは珍しい。

それに、並んでいるふたりはなかなかお似合いに見える。

もしかしたらいい感じになるんじゃないだろうか
いいじゃんいいじゃん、と内心にやにやしていると、視界のすみに景くんがいることに気づく。

いや、だめだ！　つき合うのは勘弁してほしい！

だって……陣内くんのそばには景くんがいるんだもの！

あとこの状況が気まずい。

眞帆と陣内くんは楽しげに話し込んでいる。先に帰ってもいいかと眞帆に聞きたいけれど、あいだに割って入るようで、気が引ける。でも、無言で先に教室に帰るわけにもいかない。

どうしたらいいのかわからず、とりあえずその場に突っ立っているしかできなかった。景くんも同じなのか、ただ、陣内くんのそばにいる。

居心地が悪すぎて息が詰まる。

「瀬戸山も久々だよな」

「え、あ、ああ。うん」

今になってやっと陣内くんはあたしに気がついたのか、話しかけてきた。

「陣内くんと美久は同じ中学だったんだよね」

「そうそう！　オレたち友だちでさ」

眞帆に陣内くんが満面の笑みで答える。

いや、余計なこと言わなくていいから！　友だちとか言わなくていいから！

眞帆がどんな反応を示すのかとひやりとしたものの、「そうなんだー」と笑ってその話は終わった。陣内くんも、顔なじみのあたしを無視するわけにいかないから、という理由で声をかけただけのようだ。ふたりはそれ以上あたしの話をすることなく、べつの会話をはじめた。

焦った。けど、まだ危険が去ったわけではない。

「悪い」

そわそわと落ち着かないあたしに、景くんの小さな声が届く。顔を上げたけれど、景くんは自分の足元に視線を落としたままだったので、目は合わない。

景くんは、今、なにを思っているのだろう。

あたしの様子を見てとりあえず謝った、という感じだろうか。きらいな相手にもそういう気遣いができるのは、景くんらしいなと思う。

ああ、このかわらない感じ。

——きらいだな。

きらい、きらい、だいきらい。

呪文のように何度も心の中で繰り返す。

景くんのことを思いだすたびに、あたしはいつも〝きらい〟の三文字を唱える。

「ま、眞帆、ごめん、あたし用事思いだしたから先に教室戻ってるね」

ぐっと拳を握りしめて、眞帆に声をかける。そして、返事を聞く前に踵を返して教室に向かった。「え？　あ、うん、わかった」という眞帆の声があとから聞こえた。

眞帆が陣内くんを好きになったのならば応援したいと思う。眞帆が幸せになれるのならば、あたしもうれしい。

でも、陣内くんは景くんと仲がいい。それだけが、受けつけられない。

ひとり足早に教室に向かいながら悶々《もんもん》と考える。

それでも、意識がずっと背中に集中する。

景くんは今、どんな顔をしているのだろう。

もう彼の視界からあたしの姿は消えたはずなのに、階段を上るあいだも、廊下を歩いているあいだも、背中の変な感覚が消えなかった。

悶々としていた気持ちは、六時間目の授業が終わるころにはなんとか落ち着いた。

交換日記を取りに行く、という楽しみがあるからだろう。

いそいそと帰り支度をして教室を出ていこうとする、と、

「あ、ちょっと待って美久！」

スマホを手にした眞帆に呼び止められる。

「どうしたの眞帆」

「今、陣内くんからメッセージ来たんだけどさー」

いつの間に連絡先の交換を？　今日のお昼休みのとき？　あの短い時間にメッセージのやり取りをするほど仲良くなったってこと？　え、すご。

「なに、彼氏でもできたの？」

あたしと眞帆のやり取りを見て、浅香が不思議そうな顔をしてやってきた。

「ううん。お昼に陣内くんに声かけられて仲良くなったって話したっしょ、今日」

「あー、そんなこと言ってたね。モテるね眞帆は。この前も先輩に声かけられたって言ってたけど、あれはどうなったの」

「あれはそれで終わったー。あんまり話してて楽しくなかったし」

肩をすくめてそっぽを向く眞帆に、浅香は「さすが」とどこか呆れたように笑う。

眞帆らしい切り替えの早さにあたしはただただ感心する。あたしには一生縁のない経験だろうなあ。

いや、ちょっと待って。

つまり眞帆は、現時点では陣内くんと話すのは楽しい、と思っていると言うことか。

それは、やばいのでは。

「で、美久」

ふたりの会話を聞きながら考え込んでいると、ぐるんっと眞帆があたしのほうに顔を向けた。真剣な眞帆の視線に、身じろぎする。

「美久、彼氏ほしいんだよね？」

「え、あ、うん……」

なんか、いやな予感がする。

とてつもなくいやな予感がする。

「でもね、美久。今のままの美久じゃ十年は彼氏ができないと思うの」

「え、ひどい！」

「まあ、眞帆の言うとおりかもね。美久、男子と話さないし」

浅香にも言われてしまった。ふたりしてひどい。

「そこで、まず男子に慣れるために、男子と出かけよう」

なぜそうなる。

「陣内くんと有埜くんと、明日放課後デートしよう」

「いや、いやいやいや、むりむりむりむり！」

全力で否定をする。

なんでそういう話になるのかさっぱりわからない。

ぶんぶんと顔と手を左右に振ると、その手を眞帆ががっしりと掴んだ。

「ふたりとも美久の友だちでしょ」

「いや、友だちって……。同中出身の、顔見知りくらいだし」

もごもごと口にしていると、なんだか言い訳をしているみたいだと思った。

たしかに中学一年くらいまでは、陣内くんと話をすることがあった。でも、今は、ちがう。今ではもう、あのころの自分がどんなふうに彼に接していたのかもわからない。だったら、顔見知り、という説明でいいはずだ。景くんに関しては論外である。

「いきなり陣内くんとふたりで出かけて、ぜんっぜん楽しくなかったらつらいでしょ。だから、美久、協力して」

「いや、それなら、あ、浅香でも」

「やだよ、私彼氏いるし。ダブルデートみたいなことしたら彼がいやがるでしょ」

きっぱりと断られた。そういう理由では無理強いはできない。

「他の子……は？」

「ふたりと顔見知りの美久のほうがいいじゃん」

そうだけど！　でも！

だらだらと冷や汗を流していると、浅香が「行けば？」とあたしの肩に手をのせた。

「べつに有埜とつき合うわけじゃないんだし。リハビリだと思えば」

眞帆が目の前にいる場所で、男子と話す勇気は、まだない。そんな姿は見せられない。だって、あたしの態度が眞帆に見せるものとちがうかもしれないんだもの。

いやだ。絶対いやだ。彼氏はほしいけれど、こういうのはちがう。

ましてや景くんも一緒なんて！

「いや、でも！」

「じゃ、返事しとくから、明日ね！」

あたしの拒否を遮り、眞帆はにこりと微笑んで言った。そして、すぐさまスマホを操作する。あたしの逃げ道を完全に塞ぐために。

ひどい！

おれも同じだなって思った
隠しといて知ってほしいって
ワガママだよな　おれら

でもさ
おれこのノートのあんたしか知らないけど
あんたのことだめとは思わないよ
おれら　誰かに好かれる前に

誰かを好きになればいいんじゃね？


がっくりと肩を落としながら図書室にやってきた。

どうしようどうしよう。

ノートを見つけ、水色の付箋で彼からの返事があることを理解しても、ページを開いて彼の文字を見ても、頭の中がぐちゃぐちゃで言葉が脳に入ってこない。

眞帆と一緒に男子と出かけるだなんて……。

中学のときみたいなことになったらどうしよう。

細心の注意を払わなければいけない。いや、でも相手はあたしの過去を知っている陣内くんと景くんだ。あまり露骨に会話を避けていたら不審がられるだろう。

それに、眞帆は陣内くんともっと仲良くなるために会うのだから、あたしが場の空気を悪くするわけにはいかない。

内心ではふたりにはあまりつき合ってほしくないな、と思っていても、眞帆が陣内くんとつき合いたいのならば、邪魔になるようなことはしたくない。

眞帆があんなふうに誰かに興味を持つのを見るのは、出会ってからはじめてのことだ。純粋に応援したいと思う。

でも。

――『でも、美久って男子の前で態度ちがうもんね』

――『ぶりっこになってるから、気をつけたほうがいいよ』

思いだすと、胃がきゅっと縮む。

どうしよう、どうしよう。

ノートを手にして、棚に腰掛けずにずるずるとしゃがみ込んだ。

落ち着け、落ち着くんだ。パニックになってもなんにも解決しないのだから。

自分に何度も言い聞かせて深呼吸をした。そしてあらためてノートを見る。

〝おれこのノートのあんたしか知らないけど　あんたのことだめとは思わないよ〟

……本当に？

本当にそう思うの？

この言葉を、まるっと信じることは難しい。だって相手は、あたしのことなんか知らないどこかの誰かだ。

でも、今まで誰にも言えなかったことを吐き出したノートでのやり取りから、そう言ってもらえるのは、うれしい。

少しだけ、ほんの少しだけど、安堵《あんど》の息がもれる。

今まで、誰もそんなふうに言ってくれなかった。

それは、あたしが誰にも悟られないように隠してきたからだ。

それでも、心のどこかで、誰かにやさしい言葉をかけてもらいたかったんだ。

「たしかに、ワガママだね」

ふふっと小さな笑いがこぼれる。

彼の言葉を鵜《う》呑《の》みにはできない。だからこそ、この言葉のおかげで少しはあたしもかわれるんじゃないかと思った。

逃げるだけじゃなくて、すべてを遮断《しゃだん》するんじゃなくて。

そうだよね。ワガママばっかり言わず、自分から動かなくちゃ。

〝誰かに好かれる前に　誰かを好きになればいいんじゃね？〟

そのとおりだ。

こういう考えができる彼は、きっと素敵な人なのだろう。この人と、こんな偶然にも関わりができて、やり取りができることはすごく幸運だったんだろうなあとしみじみと思う。

「誰かを好きに、か」

好きになるのなら――このノートの彼みたいな人を、好きになりたいな。

そう考えるとなぜか景くんが脳裏に浮かび、あわてて頭から追い出した。

なんか、ほんと、疲れる。

はあーっと重いため息を吐きだしてから顔を上げると、窓の外は、淡いくすんだ水色の空が広がっていた。

ベビーピンクの、片想い

彼の中にいるカノジョ

そうだよね　自分から動かないとね
あなたのおかげで
自分で行動しようって思えたよ
ありがとう！　あたし　恋をするよ！
あたしもあなたのこと知らないけど
でも　素敵な人だと思う
だから　一緒に恋を探そう！

七時間目の授業が終わってすぐ図書室に行くと、ノートには彼女からの返事が書き込まれていた。

今まではその場ですぐに返事を書いていた。けれど、放課後に友人とカラオケに行く約束をしていたので持ち帰り、家に帰ってじっくりと読み直す。

グレーと黒で統一されたシンプルなおれの部屋で、ベッドで横になりノートを見つめる。スピーカーからは、心地よいジャズが流れている。

制服を脱いでラフな格好になり、コンタクトも外してメガネという、完全オフスタイルで彼女の返事を読むと、今までとちがった気分になる。

頬が、緩む。

前向きな彼女の返事からは、かわいらしさがあふれていた。誰かにそう思うなんて、何年ぶりだろう。

素直な子なんだろう。思っていることが全部顔に出ていそうな気がする。

——美久みたいに。

って、なんで美久が出てくるんだ。美久は関係ないだろ。

……たしかに、美久にも同じようなことを思ったことがある。

美久は、いつもニコニコして、思っていること全部を口と表情に出すタイプだった。流行りに敏感で、夢見がちで、すぐ怒って拗ねて笑う。おれと別れてから多少かわった部分はある。けれど、美久は美久だ。話していなくても、ときどきしか見かけなくても。

だからこそ、ノートの彼女のような悩みは抱いたことがないだろう。あの美久が〝本当の自分〟に悩むなんてイメージが合わなさすぎる。

つまり、美久とは関係なく、このノートの相手がかわいらしいな、と思っただけ。彼女の顔も名前も、知らないけれど。うん、かわいいと思う。

だからこそ。

〝あたしもあなたのこと知らないけど　でも　素敵な人だと思う〟

この言葉に、うれしくなる。

ノートの中にはおれの本音しか書かれていない。おれってこんなこと考えてたのか、と文字にしてはじめて気づき、読み返すとあまりにかっこ悪くて悶《もだ》えてしまう。

でも、名前も知らない彼女は、そんなおれを受け入れてくれた。

……まあ、ノートの持ち主はおれのことがきらいらしいけれど。

そう考えると、なんか変な感じだな。

彼女は、やり取りの相手がおれ――有埜景だと知ったら、どういう反応を示すのだろう。返事を無視するのだろうか、それとも、謝るのだろうか。

絶対言わないけど。

このやり取りが終わるかもしれないことはしたくない。

ノートから手を放すと、開かれたノートはそのままおれの顔に落下してきた。

蛍光灯の光が遮断され、視界が薄ぼんやりとしたグレーに染まる。

おれたちはお互い極力相手に見つからないようにしている、と思う。朝、昼の前半と後半、そして放課後。その時間の中で、おれは彼女と鉢合わせないようにタイミングを見計らって図書室に足を運んでいる。彼女も同じ気持ちでなければ、ここまですれちがうことはないはずだ。

彼女も、おれと同じように、誰と交換日記をしているか、知らないままでいたいのだろう。それがまた、このやり取りを特別なものに感じさせる。

となると、このノートは明日のどのタイミングで図書室に置いてくればいいだろう。彼女はおれが放課後に返事を書いたと思って、朝に確認しにくるはずだ。何時くらいに学校に来ているのかわからないので、顔を合わせて正体がばれるリスクを考えると、朝は避けたほうがいい。

と、なると一時間目が終わったあとがいいだろうか。

「なにしてんの、景」

目をつむって考えていると、上から声が降ってきて飛び起きる。

その拍子に顔から落ちたノートをすかさずキャッチして、素早く体の下に隠した。

「突然入ってくんなよ、姉ちゃん」

「呼びかけたのに無視したのはあんたでしょうが」

姉ちゃんは腰に手を当てておれを見下ろしている。

毛先をゆるく巻いている姉ちゃんは、黙っていれば清楚な雰囲気がある。けれど、実際にはめちゃくちゃ口うるさくて気が強い。

「なんの用事」

「……あんった、ほんっと、だっさいなあ……」

おれの質問を無視するように、姉ちゃんは顔を顰めて言う。

ダサいって、ただのジャージなんだけど。中学校のときに体育で着ていたものなので、身長が伸びた今のおれが着ると八分丈になっているけれど。

オシャレが趣味で生粋のミーハーである姉ちゃんにとっては、信じられないらしい。たしか今姉ちゃんが着ているジャージは、最近ハマったと言っていたバンドのグッズであるスウェットだ。

姉ちゃんは、新しいものに目がなく、のめり込むとありとあらゆるグッズを買いあさる。そのため、服装の趣味も髪型も、コロコロかわる。

何度か姉ちゃんと買い物に行ったことがあるけれど、とにかくしんどい。目についた店には全部入ろうとするし、お気に入りを見つけるまで永遠とも言えるくらい長いあいだ歩き回るし、人気の飲食店では何時間でも待つ。

好きにすればいい。

ただ、連れ回されるのはマジで苦痛だ。苦行だ。おまけに荷物持ちもさせられる。おれがミーハーに対していい印象がないのは姉ちゃんのせいだと思う。

「ジャージもダサいし、中に着てる変な柄のTシャツもだっさい」

「おれの部屋着に文句つけにきたのかよ」

「用件忘れるくらいダサいってことよ。あんた、そんなんで彼女とかできんの？　またフラれるんじゃないの？」

また、という言葉にぴくりと眉が反応する。

大きなお世話だ。姉ちゃんだって彼氏がいないくせに。

とは、もちろん口にしない。できない。

「せっかくそれなりに整った顔して、身長もあるんだからさあ、もっとかっこよくしなさいよ、宝の持ち腐れじゃん。髪の毛もボサボサだし、その瓶底《びんぞこ》メガネもいい加減買い直しなさいよ」

ああ、うるさい。

家にいるときくらい好きにさせてほしい。

思わず、ち、と舌打ちをすると「は？　なにしたのあんた」と姉ちゃんは目を吊り上げておれに顔をずいと近づける。

すみませんでした、と即座に頭を下げる。怖い。

おれにとってこの世で最も怖いのは姉ちゃんだ。そこまでひどいことしたっけ？　というくらいやり返されるので、逆らわないに限る。

おれの面倒くさがりも、姉ちゃんのせいなのでは。おれの人生に置いて、ねえちゃんから受けた影響がでかすぎるのでは。

「あんたもうちょっと視野は広げときなさいよ。受け入れなくてもいいから、まわりもたまには見渡さないと、感覚ズレるよ」

「意味わかんねえ」

「わかろうとしてないだけでしょうが。人のアドバイスにそういうこと言うなら、また彼女ができたときに泣きついてきても助けてやんないからね」

いらねえよ、と言いたいところだけれど、もしものことを考えて黙っておいた。

デート前に姉ちゃんに相談した中学生のときのおれに、姉ちゃんには頼るな、と教えてやりてえ。デートもうまくいったわけじゃないし。まあ、姉ちゃんがいなかったらもっと悲惨なことになっていただろうけれど。

素知らぬ顔をしているおれに、姉ちゃんははーっと呆れたようなため息を吐く。そして「私も音楽聴いてんのよ、ボリューム落として。好きでもないのにジャズばっかりが耳に残る」と言って部屋を出て行った。

ひとりきりになった部屋で、今度はおれがため息を吐く。

なんであそこまで言われなければいけないのか。視野が狭いってなんなんだ。服装に興味がなくたっていいじゃないか。瓶底メガネでもコンタクトよりおれにとっては楽なのだ。ジャズに関しては……おれのボリュームのせいか。

自分の部屋で好きに過ごしたいだけなのに。

家以外でこんな格好はしないし、カラオケでジャズを歌うこともない（歌えないし）。友だちと遊びに行くときの私服だって、それなりに気を遣っている。といっても、八割は母さんや姉ちゃんが勝手に見繕って買ってきた物だけれど。おれの性格を知っているので、なんにでも合うようなシンプルなものを選んでくれるのでありがたい。

この姿を、誰かに見せるつもりはない。美久にだって、一度も見せなかった。むしろ、悟られないように取り繕っていた。デート前に恥を忍んで姉ちゃんに相談するほどには。

でも、おれはフラれた。

姉ちゃんに見つからないようにと隠したノートを手にする。

〝誰かに好かれる前に誰かを好きになればいいんじゃね？〟

書いたのはおれだ。でも、誰かを好きになるのがどれだけ難しいか、おれは知っている。そして、好きになったってうまくいくわけではないことも。

好きになったからこそ、きらいになることだってある。

ベッドから立ち上がり、窓を開ける。と、秋の匂いが鼻腔《びこう》を擽《くすぐ》った。

美久とつき合った秋。

小学生のときの、恋人同士がなにをするのかわからないままつき合いが終わった日々は、それほど記憶に残っていない。

鮮明に思いだすのはいつだって、中学のときのことだ。

中学一年のあの日、通学路には茶色に染まった葉を身につけた木々が片側に並んでいて、地面には枯れ葉が落ちていた。歩くとカサカサと、秋の音がした。

――『景くんは、ほんっと、人の話を聞かないなあ』

となりにいた美久がそう言って、笑った。文句を言われているのにちっともいやな気がしなかったのは、美久の笑顔が楽しげだったからだろう。

――『でも、好き』

そして、顔を真っ赤に染めて美久が言った。

気がついたら、『おれも』と返事をして、おれたちはつき合った。

あの日が、おれたちが一緒に過ごした時間の中で最も幸せな日だった。それ以降は、ただ、下がるだけ。急降下したと言ってもいい。

楽しい時間もあった。けれど、お互い気持ちが離れていくのを感じていた。その結果、ギクシャクしたデートだけをして別れた。

――『思ってたのと、ちがう』

美久からメッセージでそう言われたのは、デートの数日後だ。

つき合うことがなければ、おれは美久と友だちとして今も接点があったのかもしれない。今日のお昼休みに美久に避けられることもなかっただろう。

そう思うくらい、おれは、今も美久とのことが忘れられないんだ。

まだ美久が好き、というわけではない。彼女にがっかりされたことと同じくらい、おれが美久にがっかりしたことが忘れられないだけ。好きだったのにそんなこと思ってしまうことが、ショックだった。

――つき合わなければよかった。

そんなふうに思っているから、誰かとつき合うことに前向きになれない。

誰かを好きになることにも。

「羨ましいな」

彼氏がほしいと思える彼女のまっすぐさが眩しくて、目を細めた。

恋探しか　なんか青春だなー
誰かを好きにって自分で言ったけど
おれには無理かもしれねえなあ
前につき合ったことがあるんだけど
フラれてから好きになったりつき合ったり
一度もしてないんだよな
って言うか　実は女子が苦手だしな

あんなに自分の気持ちに向き合い、素直な言葉を誰かに伝えたことはない。

次の日、一時間目が終わったあとに図書室にノートを置いてきた。そして、お昼休みになるまでぼんやり書き出した自分の気持ちを考えながら過ごした。

昨日、返事を考え、文字にして、自分がなにを思っていたのかを知った。

それがわかったところで、今後改善しよう、とは微塵《みじん》も思えないことも。

ノートのやり取りから、誰かに正直に話せば気持ちの整理ができることがわかった。だからって、じゃあこれからは友人に話そう、とは思わないのと同じだ。趣味について語る気もないし、服装がダサいことも明かすつもりはない。

結局なにもかわらねえ、てことだ。

ノートの彼女のようにマイナスな意味で〝本当の自分〟を隠しているわけではなく、隠しているほうが楽なのがわかっているから、かわろうと思えない。

「どうした景、ぼんやりして」

「え？　ああ、いや、眠いなあって思っただけ」

無言でいるおれに、友人が不思議そうに声をかけてきた。「いい天気だしな」と言葉をつけ足してごまかし、窓の外を指す。

ボリューム満点の鶏肉入りサンドウィッチにかぶりついて、咀嚼《そしゃく》しながら自分が指した空を眺める。

ノートの彼女は、なんて返事を書くだろうか。

もうノートを取りに図書室に行っただろうか。今すぐ確認しに行きたいけれど、鉢合わせたらまずいので我慢をする。せめて五時間目と六時間目のあいだ休憩までは我慢しなくちゃいけない。

そうでなくても、最近は図書室で昼休みを過ごさなくなった。顔を合わせた誰かがノートの相手、というわけではないだろうけれど落ち着かないし。

今読んでいる海外ミステリの続きが気になるから、どこかで読みたいんだけどなあ。教室で読む、のは当然却下だ。なんかいい場所ねえかなあ。

「なあ、景」

「んー」

「景はどこ行きたい？　どこがいいと思う？」

弁当を食べながらスマホを操作するジンがおれに訊いてくる。なんの話かさっぱりわからず首を傾げると、ジンはおれにスマホを見せてきて「やっぱりファミレスでしゃべるほうがいいかな」とか「ここのカラオケもいいと思うんだけど」と言った。

「なんなんだよ急に」

「なにって、まほちゃんとのデートじゃねえか」

いつのまにデートまでこぎ着けたのか。

っていうか昨日連絡先を交換したばかりじゃなかったっけ。

行動力がすごいな、こいつは。

「好きなところに行けばいいだろ。なんでおれに訊くんだよ」

「なんでって」

「おれより女子に訊けば？」

そう言うとそばにいた女子が「なになにー」と会話にまざってきた。ジンが事情を説明すると、「そんなの人それぞれでしょ」「誰と行くの」「その子が好きそうなところ選ばないと」とかなり真面目に考えはじめる。

なるほど。相手に合わせる必要があるのか。

こっそり耳を澄ませていると、途中から女子たちは「眞帆ちゃんって、あの美少女？」「陣内には無理でしょ」「どうせしつこいから一回だけ出かけてあげるか、てなったんじゃない？」とジンにひどいことを言う。

なるほど、そういう考えかたもあるのか。

「そんなことねえし！」

否定をするジンを無視して、「そういう相手とならどこ行きたい？」と女子たちは顔を見合わせた。

「どうでもいい陣内との時間つぶしなら、カラオケ?」

「好きでもない男とふたりきりで個室とかいやじゃない?　陣内だし」

「ファミレスのがマシか、陣内だし」

「好きでもない男と会話だけで時間潰せる?　陣内だよ?」

ひどい。こわい。

もしおれに同じようなことがあっても女子にだけは相談しないでおこう、と心に誓った。ジン、悪かった、おれのせいだ。

心の中で謝っていると、

「いやふたりじゃねえよ、景も一緒だし」

とジンの声が聞こえてきた。

「は?」

口からサンドウィッチを噴き出し目を見開く。

初耳なんだけど。どういうことだ。

「なんでおれも一緒なんだよ、知らねえぞ」

「あれ?　言ってなかったっけ」

「聞いてねえ。勝手におれをメンツに入れるな。なんでお前の好きなまほちゃんとやらとお前と三人で——」

口にして、はっとする。

「……まさか」

「そりゃあ、三人で遊ぶわけないだろ」

ちょっと待て、ちょっと待て。

そしてなんでジンはちょっと自慢げなんだ。おい。

「瀬戸山とまほちゃんと、おれと景の四人に決まってんじゃん」

決まってねえよ！

あたしと一緒だね
あたしも昔の経験はいい思い出じゃないな

そもそも　人づき合いに自信がないなあ
数年間まわりからどう見えるか考えて
振る舞ってきたから　どうしていいのか……

いや　でも　頑張りたい

あなたは　自分がどういう人が好きか

考えてみたらどうかな

授業が終わってSHRがはじまるまでの合間に図書室に来た。

お昼休みはジンと言い合いをし、途中から恋愛相談をされ、そばにいた女子たちにボロカス言われるジンを見つめているあいだに終わってしまった。そして五時間目のあいだは、昼休みのことをきれいさっぱり忘れたジンに、放課後にどこに行くべきかとしつこく聞かれたから。

SHRのあとは、おそらくすぐジンに捕獲されるだろう。ノートを明日まで受け取れなくなるのを避けるために、この短い隙間時間にいそいでやってきたのだ。

どうやらノートの女子は、思った以上に人目を気にするタイプのようだ。

数年間もそう過ごしていたのなら、『そんなの気にするな』と言われたところでかわるのは難しいだろう。

でも、そんなに気にしなくてもいいと思うけどなあ。

彼女の返事を見る限り、話しやすそうな印象を受ける。こんな子が本当に自分を偽って人と接しているのだろうか。勘違いじゃねえの、と思うくらいだ。

文字で会話をするのと実際話すのとは大ちがいだということはわかるけれど。

おれも人のことは言えないしな。

〝あなたは　自分がどういう人が好きか　考えてみたらどうかな〟

そういえば、誰のことも好きになれないことばかり考えていたけれど、自分がどういう女子が好きなのかは考えたことがなかった。

でも、わっかんねえなあ。

今まで、好きだと思ったのは美久だけだ。今となっては美久のどこを好きだったのかも、よくわからない。

目をつむって記憶を遡ると、中学時代の美久の笑顔がよみがえる。

少し、胸がざわついた、ような気がした。

それを一蹴するかのような予鈴が鳴って、体がびくっと反応する。

もうＳＨＲの時間だ。ノートをポケットに入れて慌てて図書室をあとにする。今はこのノートのことよりも考えるべきことがある。

ああ、放課後が近づいてくる。

どうすんだよ、おれ。

美久と過ごすとか、マジでどうしたらいいのかわかんねえんだけど。

やばい、なんか緊張してきた。ジンに放課後の話を聞いてからずっとだ。

ジンはなんでおれの予定も確認せず、承諾も得ず、勝手に遊びに行く約束をしたのか。理解に苦しむ。

今日は六時間目で終わる日で、友人から遊びの誘いもなかったからひとりでCDショップと書店に寄ろうと思ったのに。それらを部屋で広げてまったり時間を過ごすつもりだったのに。図書室で借りっぱなしになっている本も読み終わらせたかったのに。

なんでこんなことになったんだ。

なにより理解できないのは、それを断らない自分自身だ。文句を言いつつ、『いやだ』とも『無理』だとも、口にしなかった。

「いや、驚きすぎただけだ」

それに、今まで友人からの誘いをほとんど断ることがなかったから、癖で。そう、きっとそうだ。

誰もいないのに、言い訳を繰り返す。

ああ、今さら美久と、なにを話せばいいのか。

胸の圧迫感が、おれの呼吸を荒くする。


「よし、行くぞ！」

ＳＨＲが終わるやいなやジンはおれの肩をがっしりと掴み、引きずるように歩きだした。逃げねえよ、と何度言っても信用してくれず、そのまま靴箱まで連れてこられ、昇降口で美久たちがやってくるのを待つ。

「あ、お待たせ陣内くん」

一秒進むごとに緊張感が増していく中、聞こえてきた声に体が大きく跳ねた。視線を向けると、笑顔のまほちゃんと気まずそうに立っている美久がいた。

「全然！　全然待ってないから」

「んじゃ行こうー」

元気いっぱいのジンを見て、まほちゃんが笑う。

そして、なぜかふたりは並んで歩きだした。おれや美久なんていないかのように自然に、顔を見合わせて微笑み、会話をしはじめる。

……あいつら、おれと美久がいること忘れてるのでは。

こんなことならおれたちは必要なかったのでは。

このまま勝手に帰っても問題なさそうだなあ、と思いつつ、そんなことはできないのでふたりのうしろをついて行く。美久をちらりと見ると、ぼんやりとした顔でおれの半歩うしろを歩いていた。

ジンとまほちゃんは楽しげに話している。というかジンのテンションがめちゃくちゃ高い。顔もデレデレしている。好意がダダ漏れだ。

まほちゃんも、ジンが自分のことを好きなことには気づいているだろう。わかったうえでメッセージのやり取りをして一緒に出かけるということは、それなりにジンに好印象を抱いているはずだ。ジンの片想いが報われるのもそう遠くない気がした。

美久は、ずっと黙ったままだった。

おれと同じであまり乗り気ではなかったのだろう。そりゃそうか、と思いつつ、なんだかじくりと胸がうずく。

にしても、こんなになにもしゃべらない美久ははじめてだ。

高校に入ってからの美久があまり男子と話さなくなったことには気づいていた。でも、これほどだとは。普段は話さなくても、さすがにこのシチュエーションならなにか会話くらいしたっていいのに。

知らない相手でも、ジンとまほちゃんのために美久はこの場を楽しくしようとするような性格だと思っていた。なにより、こういう友人の恋を応援するとか、ダブルデート、みたいな状況に美久なら興奮しそうだけどなあ。

一緒にいるのがおれだから、なのだろうか。

まあ、そうだよな。それ以外に別人のような態度になる理由なんかないよな。

晴れている空が、むなしい時間をよりいっそうむなしく感じさせる。雨でも降っていたほうが騒がしくてよかったかもしれない。

涼しい風の中で歩くおれたちのあいだには、ずっとつめたい空気が流れていた。

結局、駅に着くまでおれと美久は目も合わすこともなかった。

「お前、もうちょっと愛想よくしろよ。どうしたんだよ」

改札を通るとジンに耳打ちされて「悪い悪い」と返事をする。なんでおれがそんなことを、と思いつつ、ジンのために、と自分を納得させた。それに、おれも相手が美久でなければもうちょっと話ができていたはずだ。

気にするのはやめよう。美久は元カノじゃない、ただの女子だ。

「ごめんね有埜くん、美久って男子が苦手だからさあ」

「ま、眞帆、そんなこと言わなくていいから！」

まほちゃんが美久を肘で突きながら言った。

……男子が苦手？　美久が？

思いも寄らない返事に、ついぽかんとしてしまう。ジンはまったく疑問を抱いていないらしく「いやいや景が悪いんだよ」とヘラヘラ笑っていた。

話はそこで一度途切れ、ホームにやってきた電車に乗り込み、目的の駅に向かった。散々悩んだ結果、ジンは女子たちの意見を参考に駅のすぐそばにあるファミリーレストランで過ごすことに決めたらしい。

ファミレスでおしゃべり、か。さすがにそこで無言でいるわけにはいかない。なにか話をしなければ。なにがいいだろう。昔は——美久があれこれしゃべってきたのでおれから話題を提供したことがないな。やばい。なにも浮かばねえ。

もしかしたら、今日をきっかけに美久と昔のような関係に戻れるかもしれないのに。と、考えたところで、おれは戻りたいのか、と自分に問う。

ノートの彼女がかわろうとしているから、それに触発されたのかも。

いつまでも美久とこのままの関係ってのも、気まずいしな。いまだに過去のことを気にしているのもおかしいだろう。元カノ元カレと友だちになっているやつはたくさんいるんだ。

美久にもそう伝えよう。せめて今日だけでも、と。

ファミレスに向かいながら、美久に話しかけるタイミングを考える。

ジンはおれと美久がつき合っていた事実を知らないので、ジンの前では絶対話ができない。かといってわざわざ美久を呼び出してふたりきりになる、というのも大げさだよな。ジンに誤解されて言いふらされる可能性もある。

……実は意識してるのはおれだけ、ということもあり得そうだな。

なんか、おれってすげえかっこ悪い気がしてきた。

「あの」

ぐるぐるとひとり考え込んでいると、か細い声が聞こえて振り返った。美久が上目遣いにおれを見ていて、視線がぶつかる。

「な、なに」

一瞬言葉に詰まってしまい、焦る。

感情があまり顔に出ないタイプでよかった。おそらく美久にはおれが動揺していることはバレていないだろう。

声をかけてきたのは美久なのに、美久は口を閉じて視線をさまよわせた。落ち着かないのか、両手をへその前でもじもじと動かしている。

「あの、べつ、べつに苦手、とかじゃないから」

なにが。

やっと話をした、と思ったら意味のわからない報告だったので首を傾げる。

美久は恥ずかしいのか、ほんのりと頬《ほお》を赤く染めていた。

つき合うことになった日も、美久はこんなふうに赤くなっていた。

ちがうのは、笑顔じゃない、ということか。

あのときの美久は満面の笑みをおれに向けて、目を細めて、白い歯を見せて、

――『うれしい』

と、言った。喜びよりも、安堵が伝わってくる笑みだった。

あのころと比べて美久はかわった。当たり前だけれど身長が高くなったし、髪型ももうツインテールにはしていない。顔立ちも、無邪気さがなくなった。もじもじと話すようなこともなかった。

なのに、目の前の美久と、思い出の中の美久が重なる。

だからなのか、おれの感覚も過去に引き戻される。

美久のことを、かわいいと、好きだと、そう思っていたころのおれ。

「……なんで、固まってるの」

「っあ、いや、なんでもない」

無言のおれに、美久が訝《いぶか》しむような目を向けてきた。おれがなにも反応しなかった（ように見えた）ことで、やや不満げだ。

えーっと、なんの話だったっけ。苦手、か。なにが苦手だって話だっけ。頭をフル回転させて、電車に乗る前にまほちゃんが言っていたセリフを思いだす。ああ、そうだ。男子が苦手だとかなんとか言ってたな。

「おう、わかった」

「ただ、ちょっと、うまく話せないかもだけど、気にしないでって伝えたかっただけ」

「そっか。よかった」

美久がぴくりと体を震わせて、そろりとおれを見る。

「なにが、よかったの？」

「え？　このままおれたちが気まずい空気でいたら、ジンたちに悪いだろ。だから話しようぜって言おうと思ってたところだった」

なにかおかしなことを言っただろうか。

不思議に思いながら答えると、美久は「そういうことか」と目をそらした。

なぜか、耳がほんのりと赤い。そして、横顔はなんとなく拗ねているように見えた。

その理由はわからない。けれど――かわいい。

「なに笑ってるの」

知らず知らずに口元が緩んでいたらしい。美久に睨《にら》まれて「なんでもない」と目をそらしてごまかし、先を進むジンたちの背中を追いかけた。

「とりあえず、過去のことはもう忘れよう」

半歩うしろにいるだろう美久に伝えると、美久は少しだけ間を空けて、「わかってるよ」と言った。そして「昔のことはもう関係ないもんね」と。

美久の低めの声に引っかかりを感じたものの、前にいるジンがおれを呼んだことで、話は終わった。

ファミレスに入ると、四人がけのボックス席に案内された。ジンは当然のようにまほちゃんのとなりの席を陣取る。結果、おれは美久のとなりだ。

……この席ってこんなにとなりとの距離が近かったっけ。

ジンはすぐにドリンクバーとフライドポテトを注文して、「オレたち先に行ってくるわ」とまほちゃんとふたりでドリンクバーコーナーに向かう。

いや、なんで二手に別れるんだよ。

「四人じゃなくてふたりでもよかったんじゃないの?」

ぽつんと美久が呟く。

「おれもそう思う」

素直に返事をする。

目を合わせて、ふたり同時にため息を吐いた。

さっき言葉を交わしたからか、居心地の悪さはだいぶ薄れた。美久の態度もずいぶんと和らいだように感じる。

それが、なんかうれしい。

かといって、会話が盛り上がる、なんてことはなく、おれらのあいだには、微妙な空気が流れていた。

食べ物はもちろん飲み物もない。つまり、手持ち無沙汰だ。

じわじわと美久のいる右側が変な感覚に襲われる。

意識すると、頭が真っ白になる。

この感覚には、覚えがある。

はじめてのデートだ。あの日、おれは自分がなにをしゃべったのかまったく記憶にない。どこに行ったのかも曖昧《あいまい》だ。たしか、美久の行きたがっていたカフェだったような……気がする。慣れないことをしたせいもあり、うまく話せないし落ち着かないしでやたらとイライラした記憶もある。

「ちょっとごめん」

なにかに気づいたように、美久がポケットからスマホを取り出し、操作しはじめる。メッセージかなにかが届いたのだろう。キラキラしたスマホカバーが目についた。

姉ちゃんも似たようなやつを持っていた気がする。

「それ、流行り？」

なんとなく聞くと、美久は「そうだけど」とちょっと不機嫌そうに言った。

「どうせ、あたしは流行り物が好きなミーハーだから」

「いや、そこまで言ってないだろ」

思ってたけど。でも今は悪い意味で言ったわけではない。ただ、流行りなのかと疑問に思って口にしただけだ。

過剰反応を示す美久にちょっとうんざりする。

つき合っているときから、ミーハーなことを妙に気にしているのか、おれがちょっとそれについて発言をすると不満そうにむすっとしていた。好きなら堂々とすればいいのに。おれがそれにどう思おうと、無視して自信満々に振る舞えばいいのに。姉ちゃんみたいに。

「気に入ってるんだろ、それ。それでいいじゃん」

「そうだけど……バカにしてないの？」

バカにはしていない、つもりだ。

でも、美久のそういうところに嫌気がさしたことはある。それはバカにしていたことになるんだろうか。

「流行りって追いかけるの大変そうだな、とは思ってる」

返事になってないな、と自分で思う。美久も同じように思ったのか「ふうん」と冷めた目でおれを見てきた。

ああ、美久だなあ。やっぱり美久だ。思っていることが顔に出る、わかりやすいところがかわいい。ミーハーなところも、どこかかわいく見える。

しばらくそんなことを考えて、そして、はっとする。

——おれ、なにを考えてた？

自然に、なにを。

「そういやおれ、姉ちゃんに視野が狭いって言われたな」

自分の意識をそらすために、話をかえる。

美久は目を瞬かせて、「気にしてるの？」と聞いてきた。だから「べつに」と素直に答える。気にしてない。どうでもいい。そういう考えがまさしく〝視野が狭い〟のかなと思わないでもないけれど、おれにとってはなんの問題もない。

美久は「なるほど」となぜか納得している。

「視野が狭い、か。でも、あたしは、羨ましいけどな」

「なんで？」

「迷わないでしょ、たぶん」

曖昧な言葉だったけれど、なんとなく胸にストンと落ちてくる。

ああ、そういうふうにも考えられるな。たしかに、おれにわからないことはたくさんあるが、なにをすべきか、どうするか、であまり迷うことはない。

悪いことだと思っていたわけじゃない。でも、他人にそう言われると安堵する。

べつにいいんだ、と肩をぽんっとやさしく叩かれた気分だ。

「け――……有埜くん、は、かわらないね」
へ、と声にならない声が口からこぼれる。
一瞬、おれを、景、と名前で呼ぼうとした、よな。
美久の中でおれは、他人じゃなかったのかもしれない。
いや、でも、わざわざ名字で呼びなおした。ということは、過去の関係はなかった
ことにしようということか。
そう考えると、おもしろくない。
だからだろう。
「美久は、かわった気がするな」
わざと、名前を呼んだ。
数年ぶりに呼びかけた名前に、一気に口の中が乾く。おれの表情はおそらくなにも
かわっていないだろう。でも実は心臓がばくばくしていることに、美久は気づかない。
――美久。
心の中では何度も呼んでいた。独り言でも口にしたことはある、と思う。
けれど、美久本人に呼びかけるだけで、名前にいろんな気持ちがまざる。
今日のおれは、おかしい。
こうして美久と並んでいると、なにもかもが普通じゃない。

美久はなんの反応も見せなかった。なにも言わないし、ぴくりとも動かない。もしかして、心底いやそうな顔をしておれを睨んでいるのでは。

数年前数ヶ月つき合っただけの元カレのおれが名前を呼ぶのは、さすがに馴れ馴れしすぎたのだろうか、とおそるおそるとなりを見ると、美久は前を向いたままじっとしていた。

「……美久?」

「え?　あ、ああ。うん」

「話、聞いてなかっただろ」

ぼんやりとした返事に、つい突っ込む。美久は目を少し見開いてから「はは」と軽やかな声を発した。

笑った。

〝どういう人が好きか考えてみたらどうかな〟

不意に、交換日記の彼女の一文が頭に浮かび、そして、息が止まる。

おれは、なにを考えているのか。

「なに笑ってんだよ」

動揺を隠すために落ち着いた声色を意識して口にすると、美久が軽く目を伏せてから前を見る。

「昔はあたしが『景くん、話聞いてんの』って怒ってたのに。今は逆だな、て」

懐かしむその表情は、やわらかい。その目は遙か遠くを眺めている。おれたちがつき合ってたことは、遠い過去の、昔の、思い出でしかないかのように見える。

美久は、そう思っている。

――じゃあ、おれは?

ポケットの中の手が、拳を作る。

「あたしが、かわったから、なのかな」

「さあ」

やっぱり、どうにかして今日を回避すればよかった。

そうすれば、こうして美久と話をすることはなかった。

けれど、立ち上がろうとは思わない。

「あれ?　ふたり仲良くなったー?」

ジュースの入ったグラスを手に、ジンとまほちゃんが席に戻ってくる。その瞬間、美久の表情が一気に強ばったのがわかった。体を小さく震わせてから、顔に笑みを貼りつける。

なんて不自然な笑いかただろう。

かわった、というよりも、変だ、と思う。なにか原因がなければ、こんな変化はしないんじゃないか？　あまりいい意味ではない、なにかでなければ。

「美久が男子と話すのはじめて見たかも」

「ちょっと、話しただけ」

美久はふるふると首を振る。気まずそうに見えるのは、おれの気のせいだろうか。

そして、おれと美久のあいだにさっきまではなかった高い壁がそびえ立っているのを感じた。

「景、これでよかったかー？」

「え？　あ、ああサンキュ」

ジンがおれにグラスを差し出してくる。どうやらふたりはおれと美久の分のジュースも持ってきてくれたらしい。

それからのジンはまほちゃんに楽しい時間を提供しようと、頑張ってしゃべり倒していた。言葉は少なかったけれど、美久もジンと言葉を交わしていたし、ときおりケラケラと楽しそうにしていた。

でも、美久の四方にはずっと高い心の壁があった。おれのことはもちろん、ジンも、もしかするとまほちゃんとも、距離を取って会話しているように見えた。

美久は誰とも、目を合わさなかった。

結局ファミレスでは二時間半ほど過ごし、気がつけば外は真っ暗になっていた。時間は七時前。美久が「ごめんそろそろ」と声をかけたことで、今日はみんな帰ることにした。

「お母さんにメッセージ送るからちょっと待って」

店を出て、スマホを見たまほちゃんが立ち止まる。指先をさかさかと素早く動かしながら「美久は大丈夫?」と顔を上げた。

「ああ、うん、お兄ちゃんには連絡入れたから」

「親じゃなくてお兄ちゃんに連絡って、ほんっと仲いいねえ。あ、お母さんがスマホ使えないタイプとか?」

「あははは。機械弱い系ね。たまにいるよね」

ふたりの会話に、違和感を覚える。

そばにある駅を電車が通過した。美久の歯を食いしばっている横顔が一瞬光に照らされた。

名前を呼びたいのに、喉が萎《しぼ》んで声が出ない。

ただ、ずっと美久の背中を見つめながら駅まで歩いた。

まほちゃんはおれたちと帰る方向が逆のようで、ひとり電車に乗るのを三人で見送る。それからのジンは、とにかくまほちゃんを褒めちぎった。

「もう告白してもいいと思うんだよな」

「っていうか絶対脈ありだよな？」

「どうしようかなー」

「でもマジでまほちゃん天使じゃね？」

たまにおれや美久に確認したり相づちを求めたりするものの、基本的には独り言に近い。ジンの目には、おれも美久も映っていないだろう。

「でさ、まほちゃんがオレの話で笑ったんだよ」

「わかったって、いい感じなんだろ。じゃあもう告白しろ。そしてフラれろ」

舌打ちをしながらジンに言う。いい加減うっとうしい。「なんでだよ」と、ジンがおれの制服を掴んできたので、「うるせえんだよ」「しつこい」とその手を振り払った。

ジンは「なにかフラれそうな理由があるのか？」「なんなんだよ教えてくれよ」「フラれるの？」としつこく聞いてくる。

なにこいつ、マジでうざい。面倒くさい。

顔を顰めてジンを見つめていると、

「ふは」

美久が口元を隠しながら、小さく笑った。

――心臓が、痛え。

今日一日で、おれの心臓はおれの知らない動きばかりを繰り返す。それが、痛かったり苦しかったりする。けれど、いやじゃない。

ひとりでクスクスと笑う美久を見ていると、うるさいジンの声はまったく耳に入ってこなかった。雑音にはちがいないので「黙れ」と睨んだけれど。そして当然そんなものはジンにまったく効果はないのだけれど。

電車が駅に着いて、これでやっとジンから解放されるとため息を吐く。おれは駅から歩きだけれどジンはバスだ。

「あ、もう来てるじゃん！」

改札を出るなり、ジンは慌てた様子でバスロータリーに向かって走り出した。

……え？　いきなり過ぎるだろ。

残されたおれと美久は、目を合わせる。ふたりきりになる心の準備がまだできていなかったので、焦る。

「えっと、美久のバスは？」

「あと、十分くらいかな。そっちは徒歩だっけ？」

「ああ、うん」

だから、ここで美久に『じゃあな』と言って家に向かえばいい。

でも、足は動かない。

向かい合ったまま無言の時間が流れる。

おれは、なんで帰らないんだろう。心配だから？　夜だから？

でも、そんなに遅い時間ではない。人もたくさんいる。なのになんでだ。

「行かないの？」

「おれ、見送るのが好きなんだ」

美久に不思議そうに言われて、考えるよりも前に意味のわからない言葉が口から出た。なんだ、見送るのが好きって。今まで一度もそんなこと考えたことないぞ。

自分のバカな発言に焦りつつも、それをおくびにも出さずにまっすぐ美久を見つめる、と。

「……っは、はは。なにそれ」

「なんで笑うんだよ」

「意味わかんないからじゃん。景くんそんな趣味があったの？」

ケラケラと笑われて恥ずかしくなる。なのに、声を出して笑う美久に、うれしくなる。それに、ファミレスでは名字で呼びなおしたのに、今は名前を呼んでくれた。

顔の筋肉が緩む。自分がどんな表情をしているのかわからない。

なんなんだおれは、おかしい。

〝どういう人が好きか考えてみたらどうかな〟

ノートに書かれてた一文が、また脳裏に浮かぶ。

一緒にいて、楽しそうにしてくれる子が、いい。

──美久のように。

この笑顔をおれはずっとそばで見たかった。

だから、好きだと思って、美久に告白されたとき『おれも』と答えた。

また、見れた。

ふと、心にそんな思いがぽんと浮かんで、弾ける。

「あのさ、美久」

呼びかけた声をかき消すように、ホームに電車がやってくる音が響いた。そして、一気に人の気配が駅に広がっていく。夜の静けさが、夜の騒がしさにかわっていく。

タイミングが悪い！

「あれー？」

勇気を振り絞った声が届かなかったことに消沈していると、女子の大きな声が改札のほうから聞こえてくる。美久とおれが同時に振り返ると、見覚えのある女子がいた。

同じ中学校の神守《かみもり》、だっただろうか。

小柄で、でも気が強くて、よく先生にも男子にも刃向かっていた。いつも女子たちの中心にいて、生徒会とかもやってたっけ。物言いが結構キツく、おれはちょっと苦手だったのだけれど。そういえばジンだか誰かも神守のことを怖い、と言っていた。かと思えば美人だとか話しやすい、と言うヤツもいたな。

友だちと言うほど親しかったわけではないけれど、小学校のときに一度同じクラスで、中三でも同じクラスだった。一時期はよく話しかけられた気がする。そして、卒業前に告白もされた。もちろん、おれは断った。

思いだして、気まずくなる。あれから顔を合わせるのははじめてだ。

肩までの髪の毛をかきあげながら、神守は近づいてくる。

「……かみちゃん」

どうやら美久とも親しい関係のようだ。なのに、美久の声は驚くほどか細かった。

「美久！　久々じゃん！　髪型もかわってるー」

「あ……う、うん」

美久は、顔を引きつらせて笑っていた。

「有埜も久しぶりだねえ。ふたり一緒だったんだ」

「そんなんじゃ……」

美久は焦ったように視線をさまよわせながら否定しようとするけれど、神守は「こんな時間までなにしてたの」と話し続けた。

おれは、どうすればいいだろう。会話にまざるほど親しくもない。かといって立ち去るのもおかしいよな。

ただ、さっき一瞬ちろりと向けられた神守の視線が、品定めされているように感じて落ち着かない。なんであんなふうに見られたんだ。

「でもさ、かわってないんだね、美久。まあ、美久らしいか。その学校も、うちの中学から行った女子って美久だけだっけ？」

「……あ、いや、ほかにふたりいた、かな」

「そっかー。あ、また遊ぼうよー！　連絡先かわってないよね？」

美久はいびつな笑顔で頬をピクピクと震わせながら、短い返事をしていた。

「あ、家の迎えが来たから、じゃあね」

車のクラクションが聞こえると、神守はそう言って車に乗り込み去っていく。

「あたしも、バス来たから。じゃあね」

疲れたような美久の声に、はっとして「あの」と呼びかける。

さっき言いかけたことを言わなければ。一緒に、帰らないか、と。

美久が振り返る。

目が、合う。

「あたしは、かわったのかな。かわってないのかな」

「……かわったけど、かわってない、と思う」

なんだこの質問、と思いつつ素直に答えると、美久は、ふ、と自嘲気味に笑った。
そして、バスに乗り込んだ。
身動きができない。帰ることも、美久を引き留めることもできない。
そんな情けない状態なのに。
——おれ、美久が好きだ。
なぜか、そう思った。

ごめん　前におれ
誰かを好きになる自信がないって言ったけど
今までずっと別れた彼女のことが
好きだったんだって気づいた
いや　だからってなにもできないんだけど

その　参考までに聞いてもいいか？

あんた　なんで有埜景がきらいなの？

朝早くに学校に来て、昨晩書いたノートの返事をもう一度自分で読み直す。そして、付箋を貼ってノートを棚にさし、棚に腰掛けて天井を見上げる。

――おれは、美久が好き。

昨日家に帰ってから、しばらく心を落ち着かせて考えた。

今さらなにを言っているんだ。おれはバカなのか。

美久と別れてから三年半も経っていて、そのあいだおれと美久は一度も話をしていない。フラれたのはおれだったけれど、未練はないはずだった。

おれが好きだったのは美久の笑顔だ。

そして好きだという気持ちは、内面を知るたびに薄れていった。

ミーハーなところがいやだった。

すぐに流行りに振り回される性格に辟易していた。

なのに、どうしてまた、好きだなんて思うのか。同じことを繰り返すだけだろ。

昔の気持ちを思いだして、今もそうだと錯覚しているだけなのでは。

そう思ったけれど、美久を思い出すたびに、好きだ、の三文字が浮かぶ。

足掻くのはすぐに諦め、自分の気持ちを受け入れた。と、同時に、すでにこの想いの行き場がないことに気づく。

美久はおれをフッたのだ。おれは、美久にフラれた立場だ。

脈なしすぎるだろ。

それに、美久は昨日『昔のことはもう関係ないもんね』と言った。もう美久にとっておれは、なんの関係のない相手なのだ。

好きになったところで行き止まりじゃねえか。

「なんなんだよ、おれは」

情けなさ過ぎて笑うしかできなかった。

ごん、と窓ガラスに後頭部をぶつけて目をつむる。

この気持ちはなかったことにしよう、なんて、簡単にできるわけがない。その程度のものなら、とっくに美久のことなんか忘れていたはずだ。

その結果が〝あんた　なんで有埜景がきらいなの?〟だ。

このノートの相手はおれのことをきらっていた。

その理由が、無性に気になって我慢できなくなった。
素性を隠してきらいな理由を聞くなんてめちゃくちゃかっこ悪いことはわかってい
る。自分でもすげえ恥ずかしい。でも、もしかしたらノートの彼女がおれをきらいな
理由と、美久がおれをフッた理由が同じかもしれない。それをどうにか改善できれば、
美久にフラれた理由がなくなるってことで、そしたら、もう一度だけ、美久に近づく
ことを許されるんじゃないか、と。
そんな簡単にいくわけもねえのに。
おれってこんなに小ずるいやつだったのか。
こういうところが実は美久にはバレていて、だからいやになったのでは。
やっぱり最後の二行を消そうかな。
いや、でも、やっぱり聞きたい。
べつに騙しているわけじゃないし。わざわざ名乗ったらそれこそおかしな話だ。そ
れに、自分の悪いところを教えてもらうことは悪いことではない、はず。
そんな言い訳を頭に並べて、「よし」と背を伸ばし場所を移動した。
そばにいたらずっと悩んでしまう。とりあえずノートのことはいったん忘れて、土
日に読むための本でも探そう。
ノートの彼女がここに来る可能性があるので、意識しないように棚を眺めて歩く。

ずだ。

文庫本コーナーまで離れれば、万が一彼女が図書室に来てもお互い気づかずに済むは

目的の本があるわけではないので、棚のはしからゆっくりと見ていく。

すると、見覚えのあるタイトルに視線が止まる。

……なんだっけ、これ。

手にしてみると、かなり古い小説だった。小説の最後のページにある奥付を見ると、おれが生まれた年に発刊されていた。

読んだ記憶はまったくないのに、なんで見覚えがあるんだ。

首を傾げながらしばらく考えると、殴り書きされた文字が脳裏にうかぶ。

「あ、ノートか」

はじめて見つけたときに、中にこんなタイトルが書かれていた気がする。でも、確信は持てない。まだノートに書かれているだろうか。もしも同じだったらこの本を一緒に置いておこうか。彼女はこれを探していたのかもしれない。

本棚をいくつか通り過ぎ、ノートがある場所に顔を出す。と、窓際の棚に、ひとりの女子がもたれかかっていた。

息を止めて瞬時に本棚の陰にかくれる。

心臓が、突然どどどど、と音を鳴らす。体中の血液が猛スピードで流れていく。呼

吸が、浅くなる。

……え？

さっきの、は。

手で顔を覆い、呼吸を整える。見まちがいだ、きっと、そうにちがいない。そうでなければ、困る。

意を決して、本棚から顔をそっと出す。

視線の先で——美久はノートになにかを書き込んでいた。

もちろん、おれと〝誰か〟のノートだ。

なんで、美久があのノートを手にしているのか。

そんなこと、考える必要もない。

——相手は、美久だった、ってことか？

ざあっと血の気が引く。心臓がばくばくと不穏な音を鳴らしておれの体を揺さぶる。

地面がぐにゃぐにゃになったみたいに、足に力が入らなくなる。

視線の先にいる美久は、おれが物陰から見ていることに気づく様子もなく、ノートにピンクの付箋を貼って棚にさした。そして、出口に向かって歩いていく。

ずるりと体を引きずるようにして、棚に向かう。

震える手でノートを取った。

ピンクの付箋が貼られたページには、おれへの返事が書き込まれていた。

えー　急展開すぎるじゃん！

彼のことはきらいっていうわけじゃなくて
あの人なに考えてるかよくわかんなくない？
つき合ったら　大変そうだなあーって
だから　思ってることはちゃんと伝えていこう
なにもできないなんて言ってちゃだめだよ
うまくいくかは知らないけど

最悪だ。なんでこんなことになっているんだ。

相手が美久だなんて、どんな確率だ。

それに、相手を一方的に知ってしまったから、このノートでのやり取りは終わりだ。

今日、この瞬間に、終わり。終わらなければならない。

相手がおれだと美久にバレたら、美久を傷つけることになる。そして、おれはますますきらわれる。

でも——このままやり取りを続ければ美久の気持ちを知ることができる。

そしたら美久に近づくことができるかもしれない。

やっぱり、まわりからのイメージは本当のおれとまったくちがう。見かけなんて、外での振る舞いなんて、当てにならない。

他人が見ているおれは、ウソばかりだ。おれは、卑怯で最低なやつだ。

彼女の中にいるカレ

ちょっと勇気出たよ

ありがと

あんたはどんなやつが好み？

参考までに

うーんどうだろう

言葉にしてくれる人がいいな
なに考えてるか　わかりやすい人
そしたら　安心できるでしょ
だから　そうじゃない人は　やだな

あたしは、わかりやすい人がいい。

なにを感じているか、どう思っているか、あたしを、どんなふうに見ているか。

いやなことは知りたくないけれど、それでも、わからない不安よりもいい。

人の気持ちはわからないから。

だから、ちゃんと伝えてくれる人がいい。

——陣内くんのように。

「眞帆ちゃん、土日はなにしてる？」

「もし時間あるならオレと出かけたりしない？」

「っていうか今度、お昼一緒に食べない？」

お昼ご飯を食べてから図書室に行き、すぐに返事を書いて教室に戻ると、あたしが座っていたはずの席に陣内くんがいた。そして、目の前の眞帆と楽しそうに話をしている。

なんという露骨なアプローチ。教室にいる全員が陣内くんの気持ちを察していることだろう。

っていうか、なんか一気に距離を縮めてきたな、陣内くん。

「オレ、実は料理できるからお弁当作ってくるし」

「え、ほんとに？　食べてみたい！」

陣内くんと話しているときの眞帆の笑顔が柔らかいのは、彼がまっすぐだからだろう。そんなところに、眞帆はきっと惹かれている。

っていうか、実はもうつき合ってるんじゃないの？　というくらいの雰囲気だ。

あたしが知らないあいだにつき合うことになったりしてないよね？

頭を捻《ひね》っていると「あ、戻ってきた！」と眞帆があたしに気づいて手を上げる。お邪魔じゃないかと思いつつ近づくと、「よーっす」と陣内くんも親しげにあたしに笑ってくれた。

「どこ行ってたの？　美久、最近よく姿消すよね」

「そうかな？」

眞帆の言葉をへらりと笑って交わし、ふたりのそばのイスに腰を下ろす。

「ねえ、美久も行く？　明後日の日曜日に遊びに行く話してるんだけど」

「え？　あ、あたしも？」

突然の誘いにちらりと陣内くんを見ると、彼は少しショックを受けた顔をしていた。

おそらく、というか当然、ふたりで出かけたかったのだろう。

「えーっと」

どう考えてもあたしは邪魔なので、断るしかない。

用事がある、とウソを吐くか、ふたりで行きなよ、と笑って言うか。

いや、でも……眞帆はそんなに鈍感じゃないはずだ。ふたりで出かけたくない、という理由ではないだろうけれど、陣内くんの気持ちをわかったうえであえてあたしを誘っているのなら、今回は一緒に行くべき？

「有埜くんもさそって四人で行こうよ」

それは、無理！

危ない！　いいよって返事をするところだった！

「美久もちょっと慣れてきたでしょ？　有埜くんとしゃべってたじゃん」

「いや、いやいや……」

たった一日で慣れるわけがない。景くんとの会話も、眞帆の前で男子と話すことも。

昨日は〝この場を気まずくさせない〟という目的があったからからだ。

なにより、これ以上景くんと接点を持つ気はない。四人で出かけるとか絶対に無理だ。っていうかいやだ。だめだ。

景くんだって、同じ気持ちのはず。

――『おれらの過去のことは忘れて過ごそう』

昨日言われたセリフを思いだし、彼はなんとも思わないかもしれない、と考え直す。

気にしているのはやっぱり、あたしだけだった。景くんはずっと前から、あたしとの過去なんて忘れて過ごしていた。

わかっていたことだ。なのに、気持ちが沈む。

だって、あたしには忘れることができない。昨日だってずっと、景くんのことばかり考えてしまっていた。

だって……。だって、ってなんだ。

「瀬戸山がなにに慣れるって？」

「美久、男子が苦手なの」

ふたりの会話にはっとする。

眞帆の返事に、彼は「え？」ときょとんとした顔をあたしに向けた。

しまった。これは、やばい。

一気に血の気が引いていく。

「瀬戸山が？」

やめて、陣内くん！　余計なことを言わないで……！

眞帆は「なに？」と不思議そうな顔をして首を傾ける。

「小学校のときは――」

「おい、ジン。お前、なに人のクラスでくつろいでんだよ」

なにかを言いかけた陣内くんにあたしが焦ったのと同じタイミングで、背後から景くんがにゅっと顔を出した。

なんでここに景くんが！

焦りにパニックも加わって、ぽかんとしてしまう。

「あ、景。どした？」

「どした、じゃねえよ。五時間目に使うノート、おれの持ってったままだろ」

「あー、そうだっけ」

悪い悪い、と陣内くんはまったく心のこもっていない謝罪を口にする。

「そんなことのためにわざわざここまでオレを探しに来たのかよ」

「ジンが休み時間のたびに姿を消しそうだからな」

今じゃなくてもいいじゃん、と眞帆との時間を邪魔されたことに拗ねているのか、陣内くんが不満そうにした。

さっきの話はすっかり流れたようで、ほっと息を吐きだす。

びっくりしたけれど、景くんが来てくれてよかった。

「よお」

こっそりとひとり胸を撫で下ろしていると、景くんがあたしを見て軽く手を上げる。

景くんと朝の挨拶なんて……何年ぶりだろう。

「……っおはよう」

無視するわけにはいかないので返事をする。まさか話しかけてくるとは思わなかったので、ちょっと息が詰まってしまった。

「ねえ、有埜くんも明後日一緒に遊ばない？　アミューズメントパークとかいいんじゃないかって話してたんだけどさ。いろんな遊びできるでしょ」

「べつにいいけど、ふたりでは行かねえの？」

眞帆に誘われた景くんは、あたしみたいに悩むことなく答える。

行くのはかまわないけれど、ふたりで行けば、と。なんてスマートな返事だ。

こういうところが、景くんだなあ、と思う。

景くんは、焦ったり動揺したりすることはあるんだろうか。いつ見てもどっしりと構えているというか、なんというか。けれど、決してつめたい印象はない。誰とでも同じ態度で自然に話をする。

だからこそ、ふと見せる笑顔が人を惹きつける。

でも、あまりに落ち着きがありすぎて、なにを考えているのかわからない。

昔はそんなふうに思わなかったのに、成長すればするほど、そして、近づけば近づくほど、わからなくなる。

つき合っていたころはとくに、わからなかった。

「ふたりで?」

眞帆がちらりと陣内くんを見ると、彼は「ふ、ふたりで行こう!」と大きな声を出す。眞帆は、そんな陣内くんの態度にクスクスと笑って「んじゃそうしよっか」とほんのりと頬をピンク色に染めて答えた。

なんか一気にふたりのムードがよくなった。

微笑ましい気持ちで眺めていると、あたしのとなりに景くんがやってくる。体が小さく震えて、体の中のなにかが、景くんのいる右側にぎゅっと引き寄せられる。

昨日、ファミレスでとなりの席に座ったときもずっとこんな感じだった。

「なんか、ジンがいつも、悪いな」

「けいー——有埜くんが、謝ることじゃないでしょ」

つい、景くん、と口にしそうになり、すぐに呼びなおす。

油断をすると、つい名前を呼びそうになる。景くんは気づいているのか、いないのか、どうでもいいのか、表情をかえることはない。景くんもあたしのことを『美久』と呼ぶから、気にしていないのかも。

――『美久』

ふと、昨日、景くんがあたしの名前を呼ぶ声が聞こえてきた気がした。

昔に比べたら大人っぽくなった低い声だけれど、それでも、同じだった。

――『美久』

再び、聞こえる。過去の景くんと、今の景くんの顔が重なる。記憶と現実がまざって、それがなにかの引き金を引いたのか、顔がぶわっと赤くなったのがわかった。

なんで！

今さらなんでこんな反応をしてしまう意味がわからなくて、顔をぶんぶんと激しく左右に振る。

「……なにしてんの、美久」

「なんでも、ない」

景くんの訝しげな声に、顔が見えないように俯《うつむ》いたまま答える。

落ち着け、あたし。バカじゃないのあたし。

あたしだけが、オロオロして、本当にかっこ悪い。

今までのように、景くんがあたしのことを無視してくれたらいいのに。突然、以前とかわらない様子で話しかけてくるから、困る。

意識してしまう。心臓が勝手に鼓動をはやくする。そのことにあたふたと動揺して、パニックに陥ってしまう。そしてつい、昔のように名前を呼んでしまったりする。本当にやめてほしい。

つき合っていたときも、あたしひとり、こんなふうに狼狽えてばかりだった。

それを隠すために、あたしはずっとしゃべっていた。

かわってない、あたし。

――『かわってないんだね、美久』

昨日かみちゃんはそう言った。

中学のとき、廊下であたしに『男子の前で態度ちがうもんね』と言ったのと同じ口調だった。キツい言い方ではなく口元を緩ませながら、親しげに。

やっぱり、あたしはかわっていないのか。

かみちゃんに言われてから、かわるように、せめて、今までのようなイメージを与えないように、必死に努力をしてきた。

それでも、景くんとふたりでいたあたしは、かみちゃんにはなにもかわっていないように映ったのだろう。

あんな短い時間だったのに。あたしのなにがそう見えたのだろう。一体どう振る舞えばいいのだろう。

景くんは陣内くんと眞帆の会話にときおりまざって楽しそうにしている。陣内くんが教室に戻るまでそばにいるつもりらしい。

……景くんは、今のあたしをどう思っているんだろう。

どうして今もかわらず『美久』とあたしを名前で呼ぶのかな。

眞帆との会話であたしが親の話をしなかったとき、なにを思ったのかな。

昨日のあたしとかみちゃんを見たとき、なにか気づいたのかな。

今の景くんに、聞きたい。たしかめてみたい。

つき合ったとき、あたしが『好き』と言ったとき、景くんは『おれも』と言ってくれた。でも、本当にあたしのことが好きだったの？

なんて、それを知ってどうするのか。

過去がどうであれ、今の景くんには関係のないことなのに。

あたしだけが、彼を気にしている。

景くんは、あたしを避けていたわけではない。避けていたのはあたしだけ。あたしが気にしていたから、景くんはそれに合わせてくれていただけだった。

陣内くんと眞帆という接点ができれば、ふたりのためにすぐにあたしとも話をすることができるのが、景くんだ。

ほんと、景くんはいつだって、景くんだ。自分があって、余裕と自信があふれている。誰にも乱されることがない。

視野が狭い、と景くんは言っていた。

そのとおりだと思う。景くんはあまりいい意味で言っていなかったけれど、あたしにはそれが羨ましい。

視野が狭いというのは、余計なものを気にしないでいられる、ということなんじゃないかと思ったから。自分の見えているものだけを、まっすぐに見ることができる。

あたしみたいに、他人からの印象を気にすることは、きっとない。

なんて、羨ましい。

なんて、憎らしい。

──だから、きらいだ。だいきらいだ。

きらいでないと、惨めになる。

「美久」

記憶の中の声ではなく、今、そばにいる景くんから発せられた声だった。顔を上げると、彼はさっきよりもあたしの近くにいて、体がぴくりと反応する。

「ちょっと話いいか？」

陣内くんと眞帆に気づかれないように、景くんはそっとあたしに顔を近づけて小声で言った。そして、廊下のほうに視線を向ける。

景くんがあたしに、話？

しかも教室ではなく、廊下で？

そんなことしたら、みんなに見られてしまう。男子とふたりで話しているところは、誰にも見られたくない。それでも、景くんが場所を移そうと言うのなら、この場では話さないほうがいい内容なのだろう。

どちらもリスクが高い、けれど、ここは景くんに従ったほうがよさそうだ。

わかった、と立ち上がり、景くんと並んで教室を出て行こうとすると、クラスメイトの視線があたしに集まったように感じた。実際には、誰も見ていないかもしれないのに、神経がビリビリする。

「美久──？　どうしたの？」

背後から眞帆が大きな声であたしを呼ぶ。

なにか、言わないと。けれど、なんて言えば？

「あっ……えっと」

「邪魔しちゃ悪いから、おれら外で話してくるわ」

言葉を詰まらせたあたしのかわりに、景くんが自然な理由を口にした。それを聞いた陣内くんは、うれしそうに「おう」と手を振る。

「すぐ戻るよ」

へらりと眞帆に笑いかける。眞帆がどんな表情をしていたかは、直視することができなかったので、わからない。

教室を出て廊下を歩く景くんについて行く。突き当たりに向かって、景くんは進む。階段の前を通り過ぎると、奥に特別教室の扉が見える。今は使われていないので、まわりに生徒の姿はない。

そこで、景くんは足を止めて壁にもたれかかった。

景くんの背後にある窓ガラスの先には、じわじわと灰色にくすみだしている空が見える。夕方には雨が降るのかもしれない、とどうでもいいことを思った。傘を持っていないので、できれば降らないでほしいなあ、とも。

「なあ、あのさ」

「うん?」

景くんがあたしを見る。うるさい心臓を押さえ込むように、制服の胸元をぎゅっと握りしめた。

「昨日、ちゃんと帰れたか？」

……なにその質問。

「バスに乗ったら、ちゃんと家の近くの停留所まで届けてくれたよ」

「そういう意味じゃねぇよ」

景くんが呆れたように、苦笑した。

じゃあなにが聞きたいの？

無事に帰ったから、今ここにこうして立っているのだけれど。

意味のわからない質問をするためにわざわざあたしを教室の外に連れ出したのだろうか。もしかすると、そんな心配をされるほど、かみちゃんに話しかけられたあたしはひどい顔をしていたのかもしれない。

「なんにもないよ。大丈夫」

あらためて答えると、自嘲気味な笑みがこぼれた。

景くんはぐっと言葉を詰まらせ、眉間に皺を寄せる。何度か口を開きかけるけれど、しばらくして「そうか」とだけ言った。

そして、お互いにしばらく黙ったまま向かい合う。

景くんは動こうとしない。眉間に皺を刻んだまま固まっている。

話は、終わったのだろうか。

教室に戻ってもいいのかな。いつまでもこんな場所でふたりきりでいると変なウワサが広まりかねない。まわりに人はいなくても、遠くから見ている人はたくさんいる。

「あの」

「美久、これから、もっと話をしないか？　昔みたいに」

あたしが動くのを待っているのかな、と口を開くと、かぶせるように景くんが言った。へ、と間抜けな声を出すと、景くんは顔を上げる。

視線が絡まるんじゃないと思うほどじっと見られて、思わず半歩下がってしまった。落ち着いていたはずの心拍数が、跳ね上がっていく。

「昔は毎日話してただろ、おれら」

「そう、だけど」

「家族で旅行に行ったとか、買い物に行ったとか、お兄ちゃんの彼女のこととか、読んだ漫画のこととか、美久はよくしゃべってたよな」

「よく覚えてるね」

「聞いてないようで聞いてるんだよ、おれは」

自慢げに言われて、ちょっと笑ってしまう。

「もう、気まずいのはいやだなって思って」

景くんは、なんて残酷なんだろう。

昔みたいに、なんて。そんなことができれば、苦労はしない。

あたしにはできない。あたしだけが、できない。

景くんには簡単なことでも、あたしには、無理。

——だって。

「いやか？」

「そういう、わけじゃ」

返事をしないあたしに、景くんは不安げに首を傾げる。

「なんで、急にそんなこと言い出すの？　眞帆と、陣内くんのため？」

「いや。お、おれが、美久と、話をしたいから」

景くんが不自然に言葉を区切って話すのは、緊張しているからなのだろうか。

あたしと、話をしたい、って、なんで？

ぽかんと景くんを見つめていると、彼の顔がほんのりと赤いことに気がついた。

胸がぎゅっと締めつけられて、息が苦しくなる。

なんで。どうして。

「あたしのこと、きらいじゃないの？」

「……そんなわけないだろ。なんでそんなふうに思ってんの」

つき合っていたとき、あたしがミーハーなことを言うといつも顔を顰めていたから。怒ったりつめたくすることはなかったけれど、眉間にシワを寄せていたから。

景くんは、あたしのことをきらいなんじゃないかと、いつも不安だった。

「おれ、一度もそんなこと言ったことないと思うけど」

「……うん」

たしかに、景くんはなにも言わなかった。別れを切り出したのも、あたしからだった。でも、あのままつき合っていれば――。

余計なことを考えちゃだめだ。

ぎゅっと目をつむる。

そうだ、あたしは彼氏がほしかったんだ。そのために、眞帆はあたしに男子に慣れるようにと言った。それに、あの交換日記でもあたしは前向きなことを自分で書いたじゃないか。

そうだ。いつまで景くんのことを引きずっているんだ。

これは、チャンスだと思えばいい。

「努力は、する」

気合いを入れて答えてから、唇を噛む。そして景くんと目を合わせた。

「うん」

景くんは、笑った。

目を細めて、安堵の息を小さく吐き出して、唇で弧を描く。

それは、あまりにやさしい微笑みで、あたしの息が、とまった。

え、ちょ、な、なに。う、わ。うわ、うわ。ちょっと待って！

ぶわああっと首から頭のてっぺんまでが一気に熱を帯びていく。制御不可能な自分の体に焦る。

なにか言わなくちゃ、と思うのに声が出ない。

きゅうっと喉が萎んで、言葉が通らない。

どうしようどうしよう。

そんなあたしを助けるように、昼休みの終わりを告げるチャイムが鳴った。

景くんはすぐにいつものクールさのある落ち着いた表情に戻して、「んじゃ、また」と背を向ける。けれど、すぐに振り返り、ためらいがちに片手を上げてあたしに手を振った。

あたしもそっと、手を振り返す。

ひらひらと揺れる大きな彼の掌を見ると、体の中でなにかがパタパタと羽ばたいているような気がした。

……『また』か。

頬に手を当てると、ほんのりと熱を感じる。

おかしい。こんな反応、まるで、うれしいみたいだ。景くんのことを好きみたいだ。

そんなはずない。不意打ちで焦っただけ。

ほら、景くんはイケメンだし。イケメンが笑ったから、ときめいただけ。そんな単純な自分が恥ずかしくて、頬が紅潮《こうちょう》しただけ。

——そうじゃなければいけない。

奥歯を噛んで、足元に視線を落とす。

二度の涙を、あたしはまだ覚えている。

小学生のときは、自然消滅だった。けれど、あたしと話もメッセージもしなくなってから女子と仲良くなりはじめた景くんを見て、ショックだった。景くんは、なにも言わなかったけれど、あのときフラれたのは、あたしだ。

二度目は、別れのメールの返信を受け取ったときだった。

幼い恋が終わって、また同じ人を好きになり、今度こそはと告白した。つき合えることになったときの喜びは、小学生のころ以上に大きくて、その分、その後のすれちがっていく苦しさはひどかった。

だから、別れようとメッセージを送った。

景くんはそれをあっさりと受け入れた。

恋心を忘れても、そのときの痛みは覚えている。癒えることはない。

……って、これ、すでにまるで好きになってるみたいじゃない？

俯いていた顔を勢いよく上げる。

おかしいおかしい、なにを考えてるんだあたしは。

もう！　景くんが急に意味わかんないことをするから！　言うから！

ほんっと、景くんはなに考えているのかわかんない！

「どういうことなのよ」

廊下でひとり呟いた声は、誰にも届かないままあたしの体のまわりで行き場を見失ったかのようにしばらく彷徨っていた。

前に誰でもいいからつき合いたいって
言ってただろ？

今もそう思う？

告白されたらつき合う?

金曜日の放課後に受け取ったノートに、返事は書けなかった。家に持ち帰って、昨日今日と、休みのあいだずっと返事を考えている。

交換日記の彼は、なんであんなことを訊いてきたんだろう。

たしかに、ちょっと前は、誰でもいいからつき合いたかった。

自分から好きな人を作れるほど男子と親しくなるのは難しい。バイトでの出会いも考えたけど……高校入学当初は新しい環境を同時にふたつもはじめるほどの気力がなかった。

じゃあ待つしかない。けれど、待ったところであたしはモテないから誰も声をかけてはこない。だから、もしもあたしを好きだと言ってくれる人が現れたら、つき合いたいと思っていた。

でも、今なら、どうするかなあ。

不思議だ。今はなんであんなにつき合いたかったのかよくわからない。彼氏がほしい気持ちにかわりはないけれど、なにかが、前とちがう。

告白されたら、まちがいなくうれしい。でも、つき合う……のかなあ。

そもそもつき合うってなんなんだ。好きってなんなんだ。


「希美《のぞみ》さんはお兄ちゃんのどこが好きなの？」

「……へ？」

日曜日の三時。リビングのローテーブルに突っ伏しながら、そばにいたお兄ちゃんの彼女——希美さんに訊くと、素っ頓狂な声が返ってきた。

「ど、どうしたの」

顔を赤くしながら、希美さんがあたしの顔をまじまじと見つめてくる。

なんで希美さんが恥ずかしがるのか。でも、そういうところがかわいいな、と年上の女性なのに思ってしまう。きっとお兄ちゃんも希美さんのこういうところが好きにちがいない。

でも、希美さんはお兄ちゃんのどういうところが好きなんだろう。

たしか、希美さんとお兄ちゃんがつき合ったのはふたりが高校生のときだった。あたしが景くんとつき合っていた小学四年生のときで、ちょっとだけ相談にのってもらった覚えがある。

希美さんとお兄ちゃんは、それから二十四歳の現在までずーっとつき合っている。

「お兄ちゃんって、ほら、デリカシーがないじゃん」

「あ、あー、えー、そう、かなあ」

「わかりにくさがないのはいいところかもしれないけど、お兄ちゃんの場合はわかりやすすぎてどうかと思うよね。バカ正直でしょ」

あたしが作ったご飯には遠慮なくまずいとか味が薄いとか濃いとか言う。そのくせ自分が作ったときは自慢げで、おいしいって言わないとめちゃくちゃ落ち込む。結構面倒くさい。

そんなお兄ちゃんと七年もつき合うとか、ちょっと不思議だ。

もちろん、やさしいところもあるし、頼りがいもあるのでいいお兄ちゃんではあるけれど、彼氏となると、やだ。あたしは絶対お兄ちゃんみたいな人とはつき合いたくない。

「今日だってさあ、呼び出しといて部屋で寝てるんでしょ？　ムカつかない？」

がばっと起き上がり目を吊り上げると、あははは、と希美さんは笑う。

社会人になって、ふたりが会えるのは土日祝だけなのに、疲れたとか言ってしょっちゅう部屋で爆睡しているのをあたしは知っている。信じられない。彼女がいるのに！　彼女を放置して昼寝！　ひどい！　最近はデートにだって出かけてないし！

「でもわたしも家でのんびりするの好きだから。って、ここは瀬戸山くんの家なんだけどね」

希美さんはいつもこう言って笑う。いまだにお兄ちゃんのことを名字で呼ぶところも希美さんらしい。

でも、本当に気にならないのかなあ。

そもそもあたしは希美さんが怒ったところを見たことがない。昔から、あたしがふたりのおうちデートを邪魔しても一度も不機嫌そうにすることなく、むしろ喜んで招いてくれた。お兄ちゃんはいっつも怒っていて、それをなだめてくれたくらいだ。

「……お兄ちゃんなんかのどこがいいの？　もったいないよー。いや、別れたりは絶対しないでほしいんだけど！」

「どこって言われると……難しいなあ」

うーんと希美さんは顎に手を当てて考え込む。

「でも、美久ちゃんが言うほど、デリカシーなくもない、かも」

「えー。絶対そんなことないよ。希美さんがやさしいから気づかないんだよ」

希美さんはクスクス笑って「そうなのかな」と言った。そして、じいっとあたしの目を見つめてくる。

「もしかして、美久ちゃん、好きな人ができた？」

「……っへ、え？」

「美久ちゃんがそういう話するとき、いつも好きな人がいるときだよね」

希美さんは勘がいい。お兄ちゃんは前に鈍感だと言っていたけれど、そんなことはない。

一瞬ごまかそうかと思ったけれど、希美さんにはかなわないな、と素直になることにした。たしかに、あたしは小四のときも中二のときも、希美さんに恋愛相談をした記憶がある。

「好きかは……わかんない。だって好きなところなにもないし」

「前につき合ってた子のことはかっこいいとかやさしいとかはっきり言ってたもんね」

まあ、今の相手と同一人物なんだけどね。ちょっと恥ずかしいのでそれは言わないでおいた。

「でも、希美さんもお兄ちゃんの好きなところをはっきり言わないのは、わからないってこと？　きらいなところならある？」

「うーん……きらいなところかあ。あるのかなあ」

「じゃあ全部が好きってこと？」

口が悪いところはもちろん、がさつなところとか、後先考えないところとか、実はたまに天然なところが出たりするところとか。怒りっぽくて、でも忘れっぽくて、子どもみたいに拗ねるところとか。それも全部？

希美さんは「うーん」と真剣な表情で考える。

そんなに考えないとわからないものなの？

「好きときらいにはっきりわけられない、かな」

「なんで？　こんなにつき合ってるのに？」

「瀬戸山くんのいいところが好きっていう感じじゃないかなあ。裏表なくって思っているのこと口にできるところは尊敬してるし憧れるけど……ストレートすぎてショック受けるときもあるし」

あ、やっぱり希美さんでもそうなんだ。

こんなにやさしい希美さんにショックを与えるなんて。お兄ちゃん許すまじ。

「どっちもあるから、いいのかもしれないね」

どういうこと。

希美さんの返事は結構ふわーっとしていて、よくわからなくなる。

「いいところもいやなところも、ときと場合によっては反対になったりするからね。だから、ここが好き、ここがきらい、てわけなくてもいいと思うの」

つまり？

「好きの反対は、きらいじゃないから、深く考えなくていいんじゃないかな」

「えー。そういうもの?」

わかんないままじゃん。

「どっちでもいいってことだろ」

突然背後からお兄ちゃんが口を出してくる。

いつの間に起きたのか。

「なにそれ、どっちでもいいって。適当じゃん」

寝起きだから適当に答えているにちがいない。

「だってさ、希美」

「わ、わたしが言ったわけじゃないじゃん」

あたしの文句に、お兄ちゃんはなぜか希美さんを見てにやりと笑った。焦る希美さんに、お兄ちゃんは楽しそうな表情をしている。

会話の流れがまったくわからないけれど、目の前でいちゃつかれている。

お兄ちゃんはラフな格好でぐんっと背伸びをしてから「親父とばーちゃんは?」と訊いてきた。

「おばあちゃんの川柳《せんりゅう》の集まりに、お父さんが運転手としてかり出された」

おそらくおばあちゃんが友だちと楽しくしているあいだ、お父さんはひとりで趣味の打ちっぱなしに行っているはずだ。

　昔はあたしもよくおばあちゃんの友だちの家に遊びに行った。でも、しばらくしてから行くのをやめた。やさしすぎる人たちばかりで、気を遣うから。

――『美久ちゃんはしっかりしてるね』

――『かわいそうに。いつでも甘えていいからね』

――『お母さんがいなくて大変なのにいい子ね』

そう言って、気遣ってくれるから。

おばあちゃんの友だちだけじゃない。近所のおばちゃんたちもだ。みんな、顔を合わせると、いつもあたしをいい子だと褒めてくる。

あたしは、かわいそうじゃない。だから笑っているだけ。

なのに笑っているといい子になる。笑っているだけなのに。

でも、笑うことをやめるわけにもいかない。

お兄ちゃんは「ふーん」と訊いてきたくせに興味のなさそうな返事をした。

「希美、腹減ってない？　甘いもんとか塩辛いものとか」

「なんでもいいよ」

「あたしデザート。最近コンビニスイーツで流行ってるプリンがあるんだけど、それがいい。売り切れてたら新商品のシール貼っているやつ」

訊かれていないけれど、手を上げてお兄ちゃんにリクエストする。

「またかよ。こないだまでハマってたクレープはどうした。飽きたのか」

お兄ちゃんも景くんと一緒で、あまり流行りに興味がないタイプだ。バカにしたように片頬だけを引き上げて、からかうような口調で言う。

やな感じ。でも、お兄ちゃんにはどう思われてもまったく気にならない。それに、なんだかんだお兄ちゃんも興味を持ってハマることもあるのを知っている。

「美久は熱しやすくて冷めやすいからな」

「うるさいなー。めっちゃおいしくてもあげないんだから」

「買ってきてやる俺に偉そうだなあ。あと、誰かとつき合うならちゃんと家に一度連れてこいよ。俺が相手を見てやるから」

「やめてよ、バカじゃないの」

「口が悪いな、お前は」

お兄ちゃんに似たんだよ。

「んじゃちょっとコンビニ行ってくるわ」

お兄ちゃんはそう言って希美さんに声をかける。希美さんは「気をつけて」とお兄ちゃんを見送った。

「希美さん本当になんでもよかったの？　高いアイスとか頼めばよかったのに」

「うん、なんでも食べるよ」

欲がないなあ。気を遣ってるのかなあ。

希美さんがなにかを指定することってほどんどない気がする。お兄ちゃんがなんでも決めちゃう感じだ。

むうっと唇を突き出すと、希美さんがあたしを見て噴きだした。

「美久ちゃんは瀬戸山くんに似てるよね」

いや、それはちがう。

お兄ちゃんと似てるとか心外だ！

うれしいからつき合っちゃうかも
でも実際どうするかは
土日で考えたけどわかんなかった！
どうしたの急に
あ　もしや誰かに告白されたとか？

いや　好きな子に告白するとか？

だったら応援してる！

月曜日の朝、いつものように図書室に返事を書いたノートをこっそり置いた。そしてすぐ廊下に出て、ひとりのんびりと歩く。

結局、ノートに書かれていた質問に、はっきり答えることはできなかった。

景くんと話す前のあたしなら、きっと即答できただろう。

そう思うと、なんで、と疑問が浮かぶ。なんで景くんが関係しているのか、わかんない。景くんの顔が頭をよぎるたびに、答えを見失ってしまう。

たったひとつだけ、浮かぶ答えはあった。けれど、それには気づかないフリをした。

……なんだかなあ。

すっきりしない気分だなあ。

腕を組みながら険《けわ》しい顔をして廊下を進む。渡り廊下にさしあたると、ひんやりとした風がやってくる。そろそろ冬が近いのか、風が前よりもつめたい。今にも雨が降りそうな不穏な空を見上げると、胸の中にも陰りが広がった。

渡り廊下を進んで文系コースの校舎に入る。そして靴箱の前を歩いていると、

「あれー美久？」

と、昇降口のほうから眞帆の声が聞こえてきた。横を見ると眞帆があたしに手を振っている。そのとなりには、なぜか陣内くんがいた。

なんで、ふたり一緒にいるの？

偶然会った、のかな？

いや、そんなはずはない。

だって、ふたりは手を、つないでいる。

挨拶も忘れてふたりのつながれている手を凝視すると、

「え？　え？　もしかして」

「おつき合いすることになりました」

とふたりはその手を持ち上げて、幸せそうな顔をして言った。

急展開がすぎる！

驚くあたしを置いて、陣内くんは「じゃああとで」と理系コースの校舎に向かった。

一度自分の教室に荷物を置いてからあたしたちの教室にくるつもりらしい。

「彼氏できちゃった」

「……お、おめでとう」

ふたりになって、へへ、とはにかむ眞帆にお祝いの言葉を返す。

「日曜日に、告白されちゃってさあ」

おお、さすが陣内くん。行動がはやい。

めでたく恋人同士になったふたりは、今日、駅で待ち合わせをしてこうして一緒に登校してきたらしい。陣内くんはいつも通りの、通学路に生徒がたくさんいる時間帯を望んだらしいが、それは眞帆が拒否したのだとか。

眞帆に彼氏ができたとなると、絶対にまわりが騒がしくなるはずだ。眞帆はそれがいやだったらしい。

「うるさいのはいやだって言ってるのに、自慢したいってずっと拗ねててさあ」

そう言いながら、幸せそうに口の端を引き上げている眞帆がかわいい。

もともとかわいいのに、彼氏ができるとこんなにかわいくなるのか。やばいな、陣内くんは毎日気が気じゃないだろうな。だから、みんなに眞帆には彼氏がいると、それは自分なんだとアピールしたかったのかもしれない。

「でも、はやかったねえ、つき合うまで」

教室に向かいながらしみじみ呟く。

陣内くんと眞帆がはじめてしゃべってから、まだ一週間くらいだ。それだけ陣内くんが頑張った、ということなのだろうけれど、すごいスピードだ。

「ねーわたしもびっくり。だから、これからが本番じゃない？　一週間じゃまだ陣内くんのことよく知らないしね」

眞帆は、はっきりと、堂々と、答える。

よく知らない、との返事は予想外だった。

「そ、そういうもんなの？」

「そりゃそうでしょー。一週間でなにがわかんのよ。それに、つき合ったら今まで見えなかったことも見えてくるだろうし」

「それを見てからつき合おう、とはならないの？」

あたしの質問に、眞帆は「うーん」と考え込む。

「それも悪くはないけど、告白されたし断る理由もないし。これから知ってもいいんじゃない？　わたしだけじゃなくて陣内くんもね。陣内くん、絶対わたしのこと美化しすぎているからなあー」

わたしのキツい性格知ったら陣内くんが逃げるかもーと眞帆が豪快に笑う。

「そうなったらショックじゃないの？」

「そんなこと言ってたら一生つき合えないかもしれないじゃん。どれだけ相手のこと知ってると思っても答えはわかんないし、人はかわるものだからね、美久」

眞帆が大人っぽく優雅な笑みを顔に貼りつけて、あたしの肩に手を乗せる。演技がかったその仕草に、つい噴き出してしまった。

「そっか。そういうものなのかあ」

「そうそう。そしてわたしはできるだけ本性がばれないように頑張るのみ」

眞帆がそんなふうに自分のことを言うのは、意外だった。思わず「眞帆もそんなふうに思うんだね……」と口にしてしまう。

「美久だって、そうでしょう?」

眞帆がそのセリフをどういうつもりで口にしたのかは、表情がよく見えなくてわからなかった。だから、「んー」と曖昧な返事しかできなかった。

「で、美久は? 有埜くんとどうよ」

なんで急に景くんの話が出てくるの。

「いや、どうって言われても」

「好きじゃないの? 好きになれそうとかもないの? イケメンだからいいんじゃない? 顔がよければたいていのことは許せるって前に言ってたじゃん」

言ってたけれども。それは芸能人の話だ。そしてたしかに景くんはイケメンで、昔から彼が気になっていた理由に好みの顔だから、というのはまちがいなくある。

もしかしたら、今も彼を前にすると落ち着かないのはそのせいかも。

「それでも限度があるでしょ。やっぱり性格も大事じゃん」

「……つき合ったことないくせに。じゃあ聞くけど、美久の好みってどんな人よ」

眞帆の言葉が鋭すぎて涙が出そうだ。

つき合ったことはあるし！　恋人同士のイベントはなにもしてないけど！

「うーん、わかりやすい人が、いいかなあ」

教室に着いて、カバンを机に置いて考える。ノートに書いたことを思いだして答えると、眞帆が「なるほどー」と言って自分の席に座った。その直後「あ！」と大きな声を出して立ち上がる。

「美久！　ごめんちょっと職員室行ってくる！」

「え？　どうしたの？」

「昨日提出期限だったノート、カバンに入れっぱなしだった！　すぐ渡してくる！」

「わ、わかった」

慌ただしく出ていく眞帆を見送り、ひとり教室を見渡す。

朝早いこともあり、クラスメイトはまだ数人の男子しかいなかった。

スマホでネットサーフィンでもしていれば、眞帆はすぐ戻ってくるだろう。

「あれ？　眞帆ちゃんは？」

急いで来たのか、少し息を切らせながらやってきた陣内くんがあたしに声をかけてくる。「瀬戸山ひとり?」と言いながら、あたしの前の空席に腰を下ろした。

「眞帆は職員室。すぐ戻ってくると思うよ」

女子がいないからか、自然と返事ができた。

人がいなければ話せる自分に驚く。同時に、それほどまわりを気にして振る舞っていることにも。情けない。

「っていうかさ、瀬戸山は景とどういう関係なの?」

「なんにもないよ。ただの同級生でしょ」

前振りもなく突然出てきた景くんの名前に、どきりと胸が跳ねる。その動揺が顔に出ないようにしながら、当たり障りのない返答をする。

「でも景って、瀬戸山のことは意識してる感じあるじゃん」

「……そ、そんなことないでしょ。よく女子と一緒にいるじゃん」

どもってしまった。

意識されている、なんて。どう受け止めたらいいの。そして、胃の辺りがむずむずしはじめる。こそばい、くすぐったい。なにこれ。

「え? なになに? 女子といること口にするなんて、瀬戸山も意識してんの?」

「そういうんじゃないから。もう、眞帆を迎えに行きなよ」

羞恥で耐えられなくなり、ぷいっとそっぽを向く。

もう十分もすれば教室にクラスメイトがやってくるだろう。あまり陣内くんとふたりで話をしていたくないし、はやく眞帆が戻ってくるか、陣内くんがどこかに行くかしてほしい。

「いいじゃん、せっかくだし話そうぜ。なあなあ、景のこと好きなわけ？　っていうか瀬戸山、雰囲気かわったよなあ」

話があれこれまざっていて、どれに反応すればいいのか。しかもぐいぐいくる。

「昔は誰にでも話してなかった？　そんなに無口だったたっけ？」

「そんなことは、ない」

ここに居続けるなら、もう黙ってほしい。

「もっとガンガン話しかけて来たじゃん。っていうか男子が苦手とかなんでそんなことになってんの？　そんなわけないだろ？　今も普通に話してんじゃん」

その話、眞帆にはしていないよね。

今後のことを考えると、ここで口止めをしておくべきか。

でも、陣内くんにそんなことができるんだろうか。口止めすることが逆効果になりそうな気がする。

「もうその話はいいから」

「じゃあ景の話にするか。景はいつも瀬戸山のこと気にしてたんだよな」

「──っえ？」

ぱっと顔を上げると、陣内くんはにやりと笑った。そこで、自分の反応があからさまだったことに気づき、湯気が出そうなほど顔が熱くなる。

あたしのバカ！

「よく瀬戸山のこと見てたぞ。たぶん」

「なによ、たぶんって。っていうか、もういいからそういうのは」

恥ずかしさを隠すためにふいと目をそらして、素っ気ない態度を取る。

必死に気持ちを落ち着かせる。

陣内くんの勘違いにちがいない。もしくは、あたしをからかうためのウソだ。陣内くんが言うような感情は、景くんにはないはずだ。

何度も自分に言い聞かせる。なのに、一度乱れた心臓はなかなかおさまってくれない。顔の熱も引かないままだ。

なんで景くんのことになると、こんなに気持ちが揺らいでしまうのか。

もうやだ。だから、きらい。景くんなんかきらいだ。

あたしだけが、景くんを好きみたいで、いやだ──。

思わずあふれた自分の感情に、はっと息をのむ。

あたしは今、なにを。

浮かんだ言葉によって、頭の中がピンク色に染まっていく。なにこれ。

じっと固まって動かないでいると、陣内くんが顔を覗き込んできた。

「瀬戸山、もしかしなくてもマジで景が」

「やめてってば！」

陣内くんが先の言葉を言う前に、勢いよく立ち上がり彼の口を塞いだ。

「ぶはは！　なにその顔！」

あたしの顔はまだ真っ赤だったらしく、陣内くんが指をさして笑う。

「陣内くんが、変なことを言うから！」

「オレのせいじゃねえだろ」

「うるさい！　バカ！」

ケラケラと大きな声で笑う陣内くんに悪態《あくたい》を吐きながら睨みつけると、彼はよりいっそう楽しげに笑う。

「もういい加減に――」

「なにしてんの」

陣内くんへの怒りが弾けそうになった瞬間、ひんやりとした声が教室の中に響く。そろりと振り返ると、教室のドアの前に無表情の眞帆と、そのとなりにはなぜか景くんが立っていた。

「ま、眞帆、おかえり」

陣内くんから手を離して、眞帆に呼びかける。景くんの顔は見ないように、眞帆にだけ集中する。なんで景くんがいるのか気にならないわけではない。それに、どこから話を聞いていたのかという心配もある。

でもそれ以上に、さっきの眞帆の声が鼓膜にこびりついて消えないから。

「大丈夫だった？　課題」

不安な顔を見せないように意識をする。

自分でできていたのかはわからないけれど、眞帆は「うん」といつものように微笑んで近づいてきた。そして、陣内くんのとなりに座る。陣内くんはあたしや景くんに向ける笑顔とまったくちがうだらしない顔を眞帆に見せる。

「美久と陣内くん、ふたり仲いいね」

眞帆があたしを見て言う。

笑っているのに、目の奥が笑っていないように感じて、体温が下がる。

「そんなこと、は」

「美久が男子とじゃれ合ってるのってはじめて見た」

あたしの否定に、眞帆が言葉をかぶせる。

高校では一度も、男子とじゃれ合うようなことはしたことがなかった。なのに、つい陣内くんとは昔のノリで話してしまっていた。人が少ないからと軽率《けいそつ》なことをした。

しかも相手は眞帆の彼氏だ。

今まで誰とも話をしなかったのに、陣内くんとだけ話す姿を見たら――。

――『男子の前で態度ちがうもんね』

同じように思われたかもしれない。

そう思うと、顔が引きつる。

どうしよう。どうしよう。

こんなことなら陣内くんが来たときに教室を出て行けばよかった。なんで会話をしてしまったんだろう。

目の前がかすんでいくのがわかる。動悸《どうき》が激しくなる。怖い。いやだ。どうしよう。

「そういえば、陣内くんは、わかりやすいしね」

眞帆が独り言のように呟く。

さっき好みを訊かれたときに、あたしは『わかりやすい人』と答えた。

もしかしたら、誤解されているかもしれない。

「……眞帆」

「なーんて！　冗談だよ！」

震える声で呼びかけると、眞帆が突然表情を崩す。そしてあたしの肩をぽんぽんと軽く叩いた。

「ごめんごめん、ちょっとからかっただけ。美久、そんな顔しないで」

「……っあ、いや、あたしも、ごめん」

ここは笑うべきなんだろうか。

口元をどうにか緩めようとしたけれど、うまく動いているのか自分ではわからなかった。それでも、目の前にいる眞帆が笑っていてくれることにほっとする。安堵で体中から力が抜けそうになる。

そのせいで、涙があふれそうになる。

このタイミングで泣くなんて、絶対ダメなのに。

「美久」

唇に歯を立てて耐えていると、ふと、目の間に大きな影がひろがった。視線を持ち上げると、あたしを見下ろす景くんの視線とぶつかる。

「どう、したの？」

真剣な表情に体が強ばる。

なにを緊張することがあるのか自分でもよくわからない。さっきまでの恐怖が、まだ抜けきっていない。

「美久、つき合おう」

──は？

予想だにしない景くんのセリフに、あたしの世界から音がなくなった。

数秒か、数分か、世界が静寂に包まれる。その後、まるで爆発みたいな歓声が響いた。まだ教室には三分の一程度のクラスメイトしかいないのに。

廊下でも知らない人たちが叫んでいることにも気づく。

「え？　ちょ、ちょっと美久！　どういうこと！」

「景、教室で告白はさすがのオレでもできねえよ」

「なんなの、ふたりつき合ってるの？」

「って言うかなんで有埜くんがこんなところにいるの」

様々な声が耳に届く。

いや、いやいやいや、なんだこれ。

「な、なに。こんなところで、景くん、なに、言ってんの？」

「え？」

カタコトのあたしの質問に景くんはぽかんとして、一拍おいてから教室を見渡した。そして、「あ、悪い」とちっとも悪いと思ってなさそうな顔で謝る。

今気づくの？　視野が狭い！　こういうところか！

「冗談……だよね」

「いや、本気」

景くんが話すたびに教室がざわめく。これはやばい。

なんなの本気って。意味わかんないんだけど！

「と、とりあえず……ここではなんなので」

「ああ、そうだな」

こくりと素直にうなずいた景くんは、なぜか座っているあたしに手を差し伸べた。

握手を求められているのだろうか。なんで？

「美久、行こう」

「え？　うん？」

首を傾げながら立ち上がろうとすると、景くんの差し出されていた手があたしの右手を掴む。そして、しっかりと握りしめられ、体ごと引き上げられた。

「え？　ちょ、ちょっと？」

勢い余って、景くんの胸元にぶつかる。その様子にまたキャアキャアと誰かが叫んだ。

いやもう、だめだ。頭の中がぐちゃぐちゃだ。

どうやって体を動かせばいいかもわからなくなったあたしの手を握ったまま、景くんが歩きだした。

これは、まるで、手をつないで歩いているみたいに見えるのでは。

この姿でどこに行くつもりなの。まわりの視線が突き刺さって痛いんだけど。

「あの、景くん?」

振りほどこうと力を入れても、景くんの手はあたしの右手をしっかりと掴んで、決して離してはくれなかった。

連れてこられたのは、前にふたりで話をした廊下のすみ。たった数十メートルの距離がめちゃくちゃ長く感じて、気を失うかと思った。

「どういうこと?」

なんでこんなことをするの。

なによりはやく手を離してほしいのだけれど。

大きな彼の手に、また力が込められたのがわかった。さっきまでまわりが気になって仕方なかったから気づかなかったけれど、彼のぬくもりが伝わってくる。鼓動が少しずつはやくなっていく。

「……景くん、ねえ、どうしたの」

前を向いたまま、電池の切れたロボットのようになにも言わず突っ立っている景くんに、もう一度呼びかける。と、彼はくるりと振り返る。そしてなにやら言いにくそうに、右手でおでこと目元をぽりぽりとかいた。掌の小指の下が緑色のペンで汚れていた。反転しているけれど〝頑張〟という漢字が見える。

それでも、あたしの右手と彼の左手は、つながれたまま。

「急で驚かせたのは悪いと思ってる、けど」

まっすぐな彼の視線に、心臓が誰かに握られたみたいに苦しくなった。

景くんは真剣な顔をしている。

それはわかるけれど、続く言葉はまったく予想ができない。

なにを考えているのか、微塵も察することができない。

だって、あり得ないことしか浮かんでこない。

「おれとつき合わないか？」

景くんは、さっきと同じセリフを繰り返す。

なにがあって、そうなったのか、まったく理解できないんだけど。

言いたいことはたくさんあるのに、言葉にできず口をはくはくさせる。

だめだ、気持ちを落ち着かせよう。胸に手を当てて、深呼吸をする。目をつむって、景くんに言われた言葉を反芻させる。

――『おれとつき合わないか？』

……いや、だめだ、落ち着かない！　っていうか意味がわからない！

窓ガラスに、パチンと、雨が当たる音がした。

「えーっと、その、あの、なんで？」

瞼を開けると、考えるよりも前に、疑問が口を突いて出る。

「好きだから」

「なんで」

いつから、どうして。なんで、なんでなんでなんで。

「つき合ってほしい」

うれしい。

なのに、それ以上に不思議で、素直に彼の言葉を受け止められない。戸惑いのほうが大きい。

ついさっき、景くんのことが今も好きだ、と気づいたばかりだ。やっと、目をそらしていた気持ちに向き合うタイミングがきたところだった。

「今度は、ちゃんとするから」

ちゃんとってなに?

前はちがったの、と思わず嫌みなことを口にしそうになって呑み込んだ。

「それに」

景くんは少しだけあたしの目から視線をそらす。向けられた先には、さっきまであたしたちのいた教室がある。

「おれとつき合えば、もう、誤解されないんじゃないか?」

——それは、ずるい。

その話を今する景くんも、それに一瞬でも心を奪われた自分も。

「そのために、あんなこと言ったの?」

「それもあるけど、ウソじゃない。おれは本気だ」

「だめ、だよ」

「なんで?」

景くんには、なんの迷いも抱いていないように首を傾げる。

だっておかしいじゃない。突然そんなこと言い出すなんて。つき合おう、だなんて信じられない。本気だと言われても、それを素直に受け止められない。

発想が飛びすぎている。

どう考えたって、あの場であたしを守るためだったとしか思えない。

もちろん、なんの好意も抱いてなければ、つき合おうと教室のど真ん中で言ったりしない人だとはわかっている。

でも。

「そんなにおれがきらい？」

「っちが、ちがう。きらいなんかじゃない」

ぶんぶんと顔を左右に振って、スカートを握りしめた。

あたしは、景くんが、好きだ。

今、はっきりと思う。あたしは景くんのことを、ずっと好きだったと、思う。

だから、ずっときらいだった。

きらいでいなくちゃいけなかった。

そうじゃないと、あたしだけが好きで居続けていることになるから。

思わず右手に力を込める。

つき合っているときは、一度もこんなふうに手をつながなかった。ずっと、つなぎたかったのに、つなげなかった。

二度もうまくいかなかったあたしたちが、もう一度つき合ってうまくいくのだろうか。前みたいに悲しい思いをするのは、もういやだ。

景くんは、本当にあたしのことが好きなの？

あたしはそれを信じられるの？

「きらいじゃないなら、じゃあ、つき合おう」

目尻を下げた景くんが、まるであたしに懇願するかのように言った。その切なげな表情に胸が締めつけられる。うれしいのと同じくらいの気持ちで、不安になる。

でも、断ることはできない。

だってあたしは、景くんが好きなんだから。

ずっと、ずっと。

誰でもいいからつき合いたいなんてウソだった。あたしはずっと、景くんとつき合いたいと思っていた。

「おれを、利用していいから」

そんなこと、言わないでほしい。

そんなのは、求めていない。

「そんなこと、しない。そんなつもりでは、つき合わない」

言葉にしながら、瞳に涙が浮かんでくる。

なんで泣いているのか自分でもよくわからない。

「美久――」

「普通に、つき合う、だけ」

泣いていたらだめだと顔を上げて笑ってみせたけれど、おそらくひどい顔をしていたのだろう。景くんは顔をゆがめて、言葉を詰まらせた。

うれしくて幸せな今日のはじまり。

だというのに、あたしたちの表情も、空も、晴れにはほど遠かった。


一時間目が終わって、ぐったりしながら図書室に向かう。

景くんとつき合うことになってから、まわりの目が気になって仕方がない。眞帆も浅香もなにがあってこうなったのかと根掘り葉掘り訊こうとしてくる。あたしだってわからないから、答えようがない。

このまま教室にいたらだめだ。

まだ一時間目が終わったばかりだというのに、疲労で倒れてしまう。なによりちょっとひとりで考える時間がほしい！

そう思って逃げるように教室を飛び出した。

「なんか展開のはやさに置いてけぼりにされてる気分……」

はあーっとため息を吐く。

本当に景くんとつき合うことになったのか、実は夢だったんじゃないかとすら思えてくる。

ずっと、素直に喜べないままだ。

……好きなのに、なんでこんな状態にならなきゃいけないんだろ。

ぶんぶんと頭を振って、図書室に足を踏み入れる。

とりあえず、先にノートの確認をしよう。今ならまだノートの相手はまだあたしの返事を見ていない可能性が高いから、追記してもいいだろう。

彼氏ができたことを報告して、ついでに今の不安も吐き出したい。

脇目も振らずに図書室の奥に向かい、今朝棚にさしたノートを抜き取った。

「あれ、もう返事ある」

付箋はあたしの貼ったピンクではなく水色になっている。

あたしのあとに図書室に来ていたのだろうか。タイミングが悪ければ顔を合わせていたのかもしれない。あぶなかった。

冷や汗とともに安堵の息を吐き出してページをめくる。

さあ　どうだろうなあ

教えねえ—

ただ　頑張ろうかなって

だからさ

おれにいろいろ教えてよ

それは、緑色の文字だった。

焦っていたのか、いつもよりも文字が大きく、ところどころ手でこすったのかインクが滲んだりかすんだりしている。

今までなら、それ以上なにも感じなかっただろう。

〝頑張〟の文字を見なければ。

……景くんの掌にあったのは、これとおなじ、緑色のペンで書かれた〝頑張〟という文字の反転したものだった。そっと自分の手を当てれば、彼の掌のものは、このノートの漢字とちょうど同じくらいだとわかる。

「……え」

ノートの内容を読み返す。景くんの振る舞いを思いだす。

「え？」

いや、まさか。

パチッと頭の中で電気が走ったような衝撃を感じた。いろんなものがつながって、重なって、結ばれて、ひとつ、あり得ない想像が浮かぶ。

まさか。そんなはずはない。この学校に何人の生徒がいると思うのか。

でも、一度脳裏に描かれたものは、なかなか消えてくれない。

「え？」

どういうこと。

「そんな、ことって」

どうしよう。

もしかすると――ノートの相手は、景くんなのかもしれない。

チャコールグレーの、両想い

彼のカノジョのためのウソ

告白したの？　どういうこと？
えー、気になるじゃん！
あたしに教えられることなんてあるのかなあ
べつにいいけどさー　じゃあかわりに
あたしにもあなたのこと教えてくれる？

彼氏にはどんな振る舞いされるのが

あんたの理想なのかなって

前に言ってた〝わかりやすい〟って愛情表現？
好きとか口に出したほうがいいってこと？

おれのこと？　いいけどそんなの知りたいか？
そうだなあ　読書と文具とジャズが趣味で
体動かすより家にいるほうが好きな
インドア派　とかでいいか？

まあ言われないよりか
言われたほうがいいよね

でも人それぞれだからなあ

あなたの好きな人がどうかは知らないしさ
インドア派なんだ　地味とは思わないし！
どんなジャンルの本が好きなの？

放課後に寄った図書室には、美久からの返事が届いていた。

そのノートをすぐにカバンに入れて、おれは人気のない階段に移動する。

相手が美久だとわかってから、以前に増して図書室には長居しないようになった。

図書室でばったり顔を合わせることはなにがなんでも避けなければいけない。絶対に、美久にノートの相手がおれだとバレるわけにはいかない。

そのために、返事には細心の注意を払うようになったので、返事に時間がかかることもある。

なんだってこんなに必死になっているんだ、と自分で思う。

バレたら終わりだというリスクの高さを考えたら、やり取りは今すぐ終わるべきだ。

相手——美久——はなにも知らないのだから、返事をしなければいい。

それでも、そうすることしか今のおれには思いつかなかった。

はじめは、美久のことを知るために。でも今は、美久とつき合い続けるために。

「……なんか、おれ、めちゃくちゃ美久のこと好きだな」

階段で羞恥に襲われ項垂れる。

いつからこんなことになったんだ。

先月までは美久のことはただの元カノという存在で、好意なんてなかった。好きだと気づいた今も、過去のうんざりした気持ちがなくなったわけでも、忘れたわけでもない。

なのに、なんでだ。

——なんであんな朝の教室で『つき合おう』とか口走ったんだ、おれは！

完全に考えるよりも先に行動していた。美久に言われるまで場所のことに気づかず、指摘されて内心めちゃくちゃ焦った。美久の様子を見る限り、そうは見えていなかったようで、それだけが救いだ。バレていたらめちゃくちゃ恥ずかしかった。

どう考えても、急すぎた、よなあ。

本当は、もうちょっと時間をかけて距離を縮める予定だった。

美久が好きかも、いや好きなんだな、という想いは、もしかしたら過去のやり直しをしたいからなんじゃないかとも思えたからだ。

だから、美久を知りたかった。そのためにノートで美久と会話を続けた。ノートの中の美久が、おれの見ている美久の本音が詰まっていると感じたから。

〝そもそも　人づき合いに自信がないなあ〟

〝数年間まわりからどう見えるか考えて振る舞ってきたから〟

美久はノートにそう書いていた。

美久が、そんなふうに考えていたなんて、おれは知らなかった。

いつも笑っていて、言っちゃ悪いがなんの悩みもないようにすら思っていた。

つき合っているときは、ノートのような悩みはなかったのかもしれない。徐々に男子を避けはじめたころから、美久はずっと、ノートに綴ったような想いを抱いていたのだろうか。

でも。

ノートの相手が美久だとわかってから、美久の今までを思い返す。

おれが見ていた美久は、まわりを気にしていた美久だった、かもしれない。

そうだと結論づけることができるほど、おれは美久のことを知らない。

ただ、美久の本音を知っても、今までの美久の印象がごっそりかわって、やっぱり好きじゃないかも、とは微塵も思わなかった。

だから、これからはちゃんと美久を見ようと、美久と話をしようと思うようになった。ジンを理由に美久の教室に行ったり、用事もないのに会いに行ったりした。

　そして、ジンの彼女であるまほちゃんとの会話で、凍りついたように表情をなくした美久を見て、告白するまでのわずかな時間に、いろんなことが蘇った。

　駅で偶然会った神守との会話と、美久が見せた表情。

　まほちゃんから言われた〝男子が苦手〟だというセリフと、美久の反応。

　よく考えたら、おかしいところはたくさんあったんだ。

　中学に入ってすぐのころまで男子とも気さくに話をしていた美久が、いつの間にか女子とばかりいるようになったことや、一緒に帰ったときのぎこちない態度。おれはともかく、ジンはただの同級生だ。話をすればいいのに、美久はできる限り会話を避けていた。

　女子とは笑って話をするのに。男子だけを異様に避けている。

　まわりの目を気にしているんだと、美久はノートで言っていた。

　おれの考えすぎだといい。

　けれど。

「あー、くそ」

　悪態を吐いて、床をかかとで蹴る。

　もしもずっと、おれと別れてからずっと、美久はひとりまわりの目を気にしていたのだろうかと思うと、ぼんやりしていた自分にムカつく。

おれがもっとはやく美久の様子に気づいていれば、気まずいのだろうと避けることをしなければ、美久は名前も顔も知らない相手に弱音を吐くようなことはなかったはずだ。

あのころのおれになにができたのかはわからない。けれど、なにもしようとしなかった、気づこうともしなかったことが悔しい。

そりゃ、おれだけはいやだ、きらい、と言われても仕方がない。

たられぱだ。くだらない自己満足の後悔だ。

美久がそれを望んでいたのかどうかも知らないのだから。

その結果が、あの告白だ。

あの瞬間だけでもいいから、美久の不安をわずかでも払拭したいと思った。

無意識に近い行動だったけれど、今思い返せば、あれでよかったとも思う。

――たとえそれが、美久の弱みにつけ込んだものだとしても。

おれとつき合えば、美久の不安をひとつ、忘れることができる、と。

おれのことが好きじゃないくせに、美久は『つき合う』と言ってくれた。おれが提案したような理由ではないと言葉を添えて、おれの手を取ってくれた。

ノートでおれを名指しできらいだと書いていたくらいだから、誰でもいいからつき合いたいと言いつつ、おれは対象外なのではないかと思っていたので、ほっとした。

どんな理由であれ、つき合うことになった。

今はそれでいい。今はおれのことが好きじゃなくてもいい。

さすがに泣かれたのは堪えたけれど。……そんなにいやだったのだろうか。

「でも、これから挽回すればいいからな」

自分に言い聞かせて、自分を慰める。正当化する。

今のおれは、卑怯な方法ではあるけれど、ノートで美久の本音を聞くことができる。

そのうち、なにがあったのかも、美久の口から聞けるかもしれない。そのとき、おれにできることがあればいい。そしてゆくゆく、おれを見てもらえたら——。

考えれば考えるほど、おれは狡くて最低だな、と思った。

こんなおれを美久は好きになってくれるんだろうか。

「そして、つき合うってなにをすれば……？」

顎に手を当てて目をつむる。

つき合ったらどうするかなんてなにも考えていなかったので、どうしたらいいのかさっぱりわからん。

おれよりも美久のほうが戸惑っているのはまちがいない。おれがなんとかしなければならないことだ。

……なにを、どうやって？

そもそもおれと美久は朝つき合うことになってから一度も顔を合わせていない。

朝は時間がなかったし、校舎がちがうので休み時間のたびに会いに行くこともできなかった。せめて昼休みには、と思っていたのに、五時間目に提出する予定だったプリントをすっかり忘れていたのだ。さっさと片付けようとしても、彼女ができたことで友だちに質問攻めされてちっとも集中できなかった。

いまだSNSアカウントの交換すらできていないので、メッセージすらも送れていない。

なんてポンコツだおれは。

落ち込んできた。

「帰るか……」

体から力を抜くと同時にため息を吐いて立ち上がる。

ひとり階段で考え込んでいてもなんにも解決はしない。美久のことも、ノートの返事も、家に帰ってゆっくり考えよう。

校舎を出て、背伸びをしながら頭上を見た。

七時間目が終わってしばらく経っているからか、空は薄暗くなっていた。日が沈んでいるのでかなり肌寒い。朝から夕方まで雨が降っていたのもあるのだろう。

地面に水たまりができていて、街灯を反射させている。

明日は美久と話をしないとな。なんで朝に連絡先を交換しなかったんだ、おれは。

今からでもジンに連絡して、眞帆ちゃん経由で美久のアカウントを教えてもらう、という方法もあるけれど。

どうしようか。

「景くん」

口を結んで真剣に考えていると、聞こえるはずのない声が聞こえてきた。

弾かれたように顔を上げた先には、美久がいた。校門にもたれかかって、おれにひらひらと手を振っている。

「え？　み、美久？　なんで？」

文系コースは一時間以上前に授業が終わってすでに帰っているはずだ。こんな時間まで、なんで学校にいるんだ。

驚くおれに、美久がゆっくりと近づいてきた。

「ちょっと、調べ物があったから残ってたの。ついでに、タイミング合うかなって」

「あ、え、そっか」

つまりそれは、おれを待っていた、ということだろうか。思いもよらなかった美久の行動に、頭の中がぐるぐるする。けれど、おそらく顔は無表情だったのだろう。美久が「ごめん」とおそるおそる謝る。

「いや、謝ることじゃないだろ」

こういうときなんて言えばいいのか。

〝あの人なに考えてるかよくわかんなくない？〟

以前美久がノートに書いていたことを思いだし、勇気を振り絞る。

「今日美久と話せなかったから、うれしい」

思っていることを、そのままはっきり口にすると、さすがのおれも顔が熱くなった。もしかしたら赤くなっているかもしれない。それがバレそうで美久の顔が見れない。

こういうことを恥ずかしげもなく口にできるジンを、心底尊敬する。

「なら、よかった」

美久の声色が明るくなったのを感じて視線を戻す。

けれど、美久はなぜか、困ったように眉を下げて笑っていた。

「えっと、じゃあ、帰るか」

うん、とうなずいた美久が、おれのとなりに並ぶ。

この前、ジンとまほちゃんと四人で出かけたときも、おれは美久のとなりを歩いた。けれど、あのときとはちがう。今のおれと美久は恋人という関係で、美久はおれの彼女なんだと思うと、むずがゆい感覚に襲われる。

こういうとき、なにを話せばいいんだっけ。

「えーっと、せっかくだしどっか寄って帰るか？」

「でも、今日はお兄ちゃんになにも言ってないし、もう遅いし、帰るよ」

「ああ、そうだな」

ってことは、次の約束を交わしたほうがいいのだろうか。明日とか？　でも、明日では今日と同じように一時間も美久を待たせてしまうことになる。

木曜日なら、同じ時間に授業が終わるけれど。一緒に帰るのって、週に一回でいいものなのか？　もしくは朝一緒に学校に来る約束をしたほうがいいのか？　たしかジンは同じ電車に乗るわけでもないのに駅で待ち合わせしてるよな。

中学のころは、つき合っていることを誰にも言わなかった。

でも今は、おれが教室で堂々と告白したことで、ほとんどの生徒がおれたちの関係を知っている。堂々とふたりで過ごせるのだ。

美久なら、恋人同士で登下校、というシチュエーションに憧れているかもしれない。

昔からドラマとか漫画とかの恋愛に興味津々だったし、よく『漫画みたいなデートがしたい』とか『ドラマで出てきたセリフを言ってほしい』とリクエストしてきた。

当時はそういうものにまったく興味がなかったし、なんでそんな恥ずかしいことをさせられなくちゃいけないのかと、まともに聞いたことはなかった。だから、美久に懇願されるたびに『他人や世間は関係ないだろ』『なんで真似をしたいんだよ』と言って避けていた。

正直今も決してやりたいとは思わない。美久が夢見るシーンって漫画やドラマじゃないと許されないような、歯が浮くセリフを口にするからなあ。

何度か美久に押しつけられて読んだ少女漫画を思い出し、ぞっとする。

でもここは、なんとか……できる範囲で……。

まずは登下校を……と思ったところで、それをすると朝に図書室に行けなくなることに気づいた。

こんなことでバレるとは思えないけれど、万が一ということもある。

やばい、どうしようか。

「ねえ、本当にいいの？」

「っえ、なにが」

しまった。つい考え込んで無言になってしまった。

気を遣ったような美久の口調に、無理に明るい声で返事をする。

おれの態度に不満があったのか、美久の表情がかたい。心の中を覗こうとしているようなまっすぐな視線にうしろめたさを感じる。

「本当に、あたしとつき合うの？」

「え？　おれは、そのつもりだけど」

街灯に、美久の不安げな顔が照らされる。

その顔をさせてしまっている原因は、おれだ。

もしかしたら、美久はおれとつき合ったことをすでに後悔しているかもしれない。

やや強引だったから、落ち着いて考えるとなかったことにしたくなるのも不思議なことじゃない。

おれのことを信じられなくて、やっぱり無理だと思ったのかも。

こうしておれの帰りを待っていたのも、つき合う話を取り消すためだったのでは。

いやな予感ばかりが頭をよぎる。

やめてくれ。もうちょっとおれにチャンスをくれ。

足を止めて美久に向かい合う。

「美久は、いやなのか？」

頼むから、そうじゃないと言ってほしい。

おれはまだ、なにもしていない。

内心は焦りながら、落ち着いた声色で美久に訊いた。美久は体を小さく震わせて立ち止まり、静かに首を左右に振る。

「景くんが後悔してるんじゃないかと思った、だけ」

「なんでおれが。それを言うなら美久だろ」

だって、おれに弱みをつけ込まれて、好きでもないおれとつき合うことになったのだから。

「あたしは、しないよ」

「じゃあいいじゃん」

美久が迷いを抱いていることは、表情からわかる。なにかを言おうとしているのか、美久の口元が小さく動く。けれど言葉にはしない。

「おれは、美久が好きだから、つき合っていたい」

なるべく自然に〝好き〟を口にした。

こういうのは伝えたほうがいいのだと、美久との交換日記で知った。

「……でも」

「まあ、信じられないよな、すぐには」

ははは、と笑ってみせると、美久は顔を歪《ゆが》ませる。今にも泣きだしそうに目を潤《うる》ませて「なんで」とか細い声で呟いた。

「なんでって言われてもな」

「昔は、好きとか、そんなこと言わなかったのに、どうしたの。あたしがドラマみたいなシーンを再現してって何度言ってもバカにしてたじゃない」

美久は涙を呑み込むように目をつむってから、口の端を引き上げておれをからかうような口調で言った。少しだけ、おれたちのあいだにある空気が柔らかくなる。

「そんなことしてねえだろ」

「したでしょ。またお願いするかもよ、あたし」

いいけど、と口にしながら、なにをさせられるのかビクビクする。

「無理してるでしょ？」

ふはっと美久が笑い、おれの顔を覗き込んでくる。

「おれはかわったんだよ」

今も、正直言えば羞恥で顔を覆いたい。逃げ出したい。できればもう二度と口にしたくない。好きだとかつき合おうだとか、恥ずかしくて死にそうだ。

でも、口にしないと伝わらないから。

美久に、わかってもらいたいから。

「……耳赤いけどね」

「え？」

ぱっと両手で自分の耳を塞ぐ。

「ははは、無理しなくていいよ」

その言葉をどう受け止めるべきかわからず、曖昧に笑うだけにとどめた。

「でも、ありがとう。あのあと、眞帆も、喜んでくれてた」

「そっか」

そう言われると、ほっとする。

美久は、友だちにどう思われるかを、かなり気にしている。

とくに、男子が関わることには過敏になるのだと、今ならわかる。

これはおれの勝手な推測だけれど、中学までの美久には男友だちも多かったから、それをよく思わない女子がいたのだろう。それに、神守は——おれのことが好きだった。小学校のころからおれのことを好きだった、と言われた記憶がある。

そう考えると、神守が美久に嫉妬した可能性は高い。

〝誰でもいいからつき合いたい〟

それからなんであんな発想に至ったのかは、わからない。

ただ、誰でもいいから、美久はおれとつき合った。

きっかけはなんだっていい。目的だってどうでもいい。

「おれ、本当に好きだから」

「……無理しなくていいって言ったのに」

「言いたいから言ってるんだよ」

ウソばっかり、と美久が口角を上げる。

こんなふうに話ができるだけで、今は十分だ。おれのそばではそんなことしなくていい。

美久がまわりを気にしてしまうのであれば、おれのそばではそんなことしなくていいと、感じてくれたらいい。

はじまりなんか、なんでもいいんだ。

卑怯な手を使ってでも諦めないのは、おれのためか、美久のためか。

それも、どうでもいいことだ。


「なあ、姉ちゃん、相談があるんだけど」

おずおずと姉ちゃんの部屋をノックして訊いた。ベッドで横になりながら雑誌を読んでいた姉ちゃんが「なによ」と体を起こす。

「あんたが部屋にやってくるなんて珍しい」

「出かけるのにいい場所、ないかなって」

まだ美久と約束をしたわけではない。けれど、つき合っていればそのうち必ず出かける日が来るだろう。今のうちに、大学生であり、美久と同じミーハーである姉の意見を頂戴《ちょうだい》したい。

「なにあんた、彼女でもできたわけ？」

勘がよすぎる。

「まあ」

できれば姉ちゃんにこんな相談はしたくない。

めちゃくちゃ恥ずかしい。かっこ悪い。

でも、姉ちゃん以外に話せる相手がいない。

「あんたに？　どうせまた猫かぶってるんじゃないの？」

ギクギクッと体が反応する。

その反応で姉ちゃんはいろいろ察したらしく片頬を持ち上げて「ふうん」と呟く。

おれは正座して「教えてもらえたらありがたいなと」と頭を下げた。ご要望なら一週間、コンビニへのパシリも引き受けよう。

姉ちゃんはベッドに腰掛けて脚を組む。そして、おれの姿をじろじろと見てきた。

品定めされているような気分だ。

「あんた、中学のときも同じようなことしてたよね」

「よく覚えてんな……」

忘れてほしい。

あのときも姉ちゃんに服装とデート場所のアドバイスを貰った。

「で、デートでなにがしたいわけ？」

「いや、べつに。流行ってる場所とか内容とか教えてもらえたら」

はあ？　と姉ちゃんが片眉を上げる。気分を害したときの姉ちゃんの癖だ。

おれ、なんかまちがったこと言ったっけ？

「流行りっていうけど、あんた流行りならなんでもいいと思ってんの？」

なんか、めちゃくちゃ怒ってるんだが。

「流行りが好きな子、なんだけど。だから」

「流行りのなかにも好みってもんがあるのよ、バカじゃないの。あんただって『これジャズだから好きでしょ』ってCD渡されてもうれしくないでしょ」

なるほど。たしかに。それはなんとなく、わかる。好きなジャンルだからといって、なんでもいいわけじゃねえもんな。でも。

「流行りが好きな人は、流行ってたらなんでもいいんじゃねえの？」

まさしく、流行っているものであればなんでもいいと思っていた。流行りが終われば興味をなくす程度の〝好き〟なのだろう。だって一貫性がない。本当にそれが好きなわけではなく、みんながいいというからいい、みたいな感じ。

べつに悪くはない。おれみたいに自分で自分の好きなものを探し出すタイプにはやや釈然としないだけ。

「……あんたに、流行りは教えん」

ちっと姉ちゃんが舌打ちをした。

「ちょっとは視野を無理にでも拡げて、自分の目で見て探せば？　中学のときならまだしも、高校生にもなって姉に頼るとかバカじゃないの」

「え、なんで。困るんだけど」

「相談にはのってあげるわ。だから、まず企画書作って出直してきな」

最後に「フラれろ」と呪いの言葉まで吐き出された。

企画書とは。

でも言われていいやなヤツはあんまりいねえよな
言えばいいわけじゃないんだろうけど
なんか喜ぶことねえか考えてるけど
めちゃくちゃ難しいんだなって
相手のこと考えるって大変だな

好きになってもらいたいし頑張るけど
彼女の理想に近づきたいし　彼女に合わせたい

小説は海外ミステリとかSFが好きだな
ドロドロした感じのとか

彼女に合わせるってことは　ウソを吐くってこと？
あなたはそれでいいの？
そんなに気負わなくてもいいと思うけどな
海外ミステリって難しいイメージ！
SFも今度チャレンジしてみようかな
じゃあ音楽は？

ちなみにあたしは——流行ってるのが好き

つき合ってから今日で二日。

最近、ノートのやり取りのペースがずいぶん遅くなった。

昨日の朝に図書室に置いたノートがおれの手元に戻ってきたのは、次の日の、今日の朝だ。おれの返事が遅れるようになったのもあるけれど、美久からの返事もすぐには届かなくなった。時間がかかるのは問題ないけれど、この状況であいだが空くと、もしやバレてしまったのかとそわそわする。

おれとつき合ったことで、交換日記への興味が薄れている、とか?

そう考えると、いいことかもしれないな。

いやでも、もうちょっと、この姑息な手を使わせてほしい。

ちゃんとしたデートをする、というミッションをクリアするまででもいいから!

それまでになんとか美久の好みを把握しなければならない。

姉ちゃんになぜか怒られて、仕方なく自分でいろんな事を調べた結果、わかったのは『なるほどわからん』ということだ。

流行りになっているかどうかの判断がおれにはつかない。そのせいで情報が膨大だ。コアなファンが多くて流行っているものもあれば、芸能人が口にしていたことで広まったものもある。同じようなものがたくさんあっても、なんでもいい、というわけでもないらしい。みんなに広まるころには、もうすでにべつのものが広がりはじめていたりもする。

待っているだけでやってくるものだと思っていた。なにもしなくても情報が入ってくるのが、流行りだと。

でも、決してそんな甘いものではないようだ。かなり感度のいいアンテナとセンスが必要だった。おれにはどっちもないので、苦戦している。

決められたものの中から探すのと、大違いだ。はじめて姉ちゃんや美久を尊敬している。ついでに、よくわからないながらも作った企画書は、姉ちゃんに『寄せ集めただけ』『テーマがない！』『ゴミ』とぼろくそ言われた。

だからこそ、この交換日記で美久の情報をおれにくれ。流行っている小説、という大雑把な説明ではなく、今まで読んで好きだと思った本のジャンルも教えてくれ。

もちろん、直接訊いたほうが効率がいいのでは、とも考えた。

昔とちがって今は、学校でも顔を会わせたときは声をかけるようにしているし、ジンがまほちゃんとつき合っているので、文系コースに顔を出したりもしている。だから、話すチャンスはある。

でも、今の美久は素直に教えてくれるんだろうか。

……いや、その前にまずデートの約束をしろよ、と自分に突っ込む。


「ジンとまほちゃんって学校以外でどう過ごしてんの?」

図書室から教室に戻ってしばらくしてから学校にやってきたジンに訊いた。

「うわ、景がそういう話するってすげえ!」

ジンよりも先に反応する友人に「うるせぇ」と文句を返す。

「どうって、普通に過ごしてるだろ。朝と、休み時間。それに、眞帆ちゃん、オレと帰るためにちょくちょく放課後待っててくれるから放課後も—」

でへでへとだらしない顔をするジンに、つい舌打ちをしていまう。

そばにいた友人も同じ気持ちなのか、しらけた目をしていた。

「つき合ってからはじめての休日である今週末は、オレの家でデートだし」

家か。

それは却下だな。おれの部屋にある大量の本を美久に見せるわけにはいかない。もしかしたら姉ちゃんが家にいる可能性もある。余計なことを言いかねない。いや、姉ちゃんは絶対言う。

「なに？　景、悩んでんの？」

「いや、まあ、それなりに」

「へーなんか意外だな。景ならさらっと誘っていい感じのデートこなしそうなのに」

なんだそのイメージ。

「なになに、おもしろそうな話してるじゃん」

よく話をする女子たちが会話にまざってくる。

「女子って今どこにデート行きたい？」

「うはは、有埜くん必死じゃん！　いつものクールさはどこいったわけ」

ぎゃははは、と思い切り笑われた。

なんかすげえ、恥ずかしいぞ、これ。

「有埜くんも彼女のことは気遣うんだー。ウケル」

「ウケねえよ。っていうか失礼だな」

「教室で告白するくらい大胆なのにねー」

それとこれとは話がべつだ。

「なんだよ、アドバイスくれるんじゃねえのかよ」

「アドバイスねえ。してもいいけど必要？」

「そう思うよねー。有埜くんって、悩まずそつなくこなしそうだし」

なんなんだそつなくって。

おれひとりがわからないらしく、ジンたち男子もほかの女子も「あーわかる」とうなずいた。

「興味なさそうなくせしてポイント押さえてきそう」

「勉強も運動もとくに努力せず上クラスには入るもんね。デートもそんな感じ？」

なるほど。なるほど？

「しっかりツボは押さえそう」

「ツボ？」

盛り上がる女子たちに訊くと「胸きゅんのツボ」と曖昧なツボの話をされた。

「いつ調べたのかわからないけど、イベントとか調べてさー、サプライズで連れて行ってくれたりしてさー。ほしがってたものを誕生日に用意してくれてたり、食べたいお店を予約してくれてたり」

「めちゃくちゃだなー、無理だろ」

ジンがけらけらと笑う。おれもそう思う。そんなの超能力者だ。

そしておれは今現在、調べる難しさに心が折れかけている。

「サプライズが胸きゅんのツボとやらなのか？」

念のため確認すると、

「いや、サプライズは諸刃の剣だから。そこを押さえるのが、有埜くんなのよ」

「こんなの常識だろ、みたいな雰囲気でさらっとね！」

なんかすげえめちゃくちゃ難しいこと言われてねえか、おれ。

「……マジで思ってんの？」

「イメージの話じゃん。なにマジに受け取ってんの」

おれの純粋な疑問に、女子は瞬時に冷めた顔をした。意味がわからん。

「じゃあ、おれがもしもイメージとちがうことしたらどうすんだよ」

「幻滅するかなあ」

……せめて数秒は考えてほしかった。

勝手なことばっかり言いやがって。

「でも幻滅されてなんか困る？　仕方なくない？」

「遅かれ速かれだよねえ。そのうち陣内くんだってまほちゃんに幻滅されるから」

「別れるってことか」

シビアだなあ。

呟くと女子は「それとこれとはべつなんじゃない？」とあっけらかんと言った。

「友だちでも恋人でも普通にあることじゃん。逆もあるわけだし」

「たしかに」

そう言われるとその通りだ。

心なし、気が軽くなった。

今までこういう話をするとき、女子に厳しいことを言われているジンを見て、怖いな、と思っていたけれど、裏を返せば率直な意見でアドバイスしていたんだと思わないでもない。

「陣内くんは別れてほしいけど。のろけがウザい」

いや、やっぱり怖いな。

とりあえずサプライズはあまりしないほうがいい、というのはわかった。どこに行くか秘密、とかは言語道断らしい。スカートをはいていいのか、靴はなにが適しているのか、という悩みを相手に与えてしまうのだと女子たちが言った。

なるほど、わからん。

サプライズでなにしても許されるのはイケメンと金持ちらしい。サプライズプレゼントもいらないものをもらうと最悪だと全員が口をそろえて言った。

「本人に聞いた方がいいってことか」

「でもさあ、かといって一から十まで聞かれてその通りにされてもやだよねぇ」

「そっちも少しは考えてよ、てなるよね」

結局おれはどうしたらいいんだ。

〝気負わなくてもいいと思うけどな〟

美久はそうノートで言っていた。

ただ、あれはおれではない誰かのための言葉なので、真に受けるわけにはいかないよな。今までの美久の書いた返事と女子たちの意見を参考にして……。

難しすぎる。できる気がしない。

でも、それで美久が笑うかもしれないなら、仕方ない。

姉ちゃんにしごいてもらおう……。


本当はデートコースやらなにやらを決めてから美久を誘おうと思っていたけれど、女子たちの意見を聞いた今では、おれが勝手に決めるべきじゃないという結論を出した。

まずは美久と予定を立てよう。

期限がなければずっと考え込んでしまうだろうし、今度の休日をスルーするのはよくない気がする。早めに出かけたほうがいいだろう。

昼休みにジンと文系コースに向かい、教室にいた美久を廊下に連れ出した。

「美久、週末出かけないか？」

いつもの廊下のすみで向かい合う美久は、ぽかんと口を開けておれを見ている。

「わざわざ連れ出すから何事かと思った」

「ジンがそばにいたらうるさそうだろ」

「たしかに」

美久の言うように、ふたりきりになってあらためて言うことでもない。けれど、ジンがそばにいると女子に相談していたことを暴露されそうだからな。それはダサい。っていうかハズい。

「デート、ってことだよね」

「まあ、そうだな」

緊張を悟られないように意識しながら返事をする。

美久は顔を真っ赤にして、少しだけ、ほんの少しだけ、うれしそうに口の端を持ち上げていた。

その表情に、おれも少し、顔が赤くなる。

なんか、つき合ってるんだなあと実感する。

小学校のころはもちろん、中学の時でもこんな気持ちにはならなかった。

一緒に帰った日に連絡先の交換をしたので、メッセージで訊くという案もあった。でも、こうして直接会って誘ってよかった。じゃなければ、美久がこんな顔をしていることに気づけなかっただろう。

「土曜日が、いいかなと思ってるけど」

口元がだらしなく緩みそうで、手で覆う。

「どう？」

なにも言わない美久にもう一度訊くと、美久ははっとして目を見開き、こくこくとうなずいた。

「どこか行きたいところある？」

「えー……景くんはどこに行きたいの？」

質問に質問を返された。

おれの行きたいところ、か。ぱっと浮かんだのは家だけれど、それはちがう。

「おれより美久は？」

「今は思いつかないなあ」

意外な返事だ。美久ならあれもこれもといろんな場所を候補に挙げると思い込んでいた。もしや、おれを試しているとか？　あり得るな。いや、まだ微妙な関係だから気を遣っているのかも。

「じゃあ、なんか考えて、またメッセージするよ。あ、昼からでいいよな」

「うん、大丈夫」

とりあえず、今日すべきことは達成した。

あとは土曜日までになんとか美久と相談しつつ、姉ちゃんにアドバイスをもらいながら行き先を決めればいい。

「ありがと、景くん」

「なんでお礼？」

「……なんとなく？」

「デートが楽しかったときに言って」

さらりと言えば、美久は頬をほんのりとピンク色に染めた。

そして、少し悔しそうにしながら「じゃあ景くんが楽しかったときもあたしに言ってよね」と言い返す。こうして軽口を叩いてくれるとほっとする。

「もちろん」

笑みがこぼれる。


美久と話を終わらせて別れた。ジンを置いてひとり理系コースの校舎に戻り、人気のない階段で腰を下ろす。

今朝受け取ったノートの返事を書かないといけない。五時間目がはじまる直前に図書室に行けば、美久と鉢合わせることもないだろう。美久は放課後にノートを受け取ってくれるはずだ。

念のためきょろきょろとあたりを見渡し、人がいないことを確認してからポケットに忍ばせていたノートを開く。

「あれ」

美久の返事が書かれたページの裏に書き込もうとめくると、美久の文字が書かれていた。今朝見た内容には続きがあったらしい。

あなた自身は
彼女に望むことはないの？

おれが美久に望むこと。

そんなの、あるんだろうか。

ノートを見つめながら考えて見たけれど、楽しそうにしてくれていたらそれでいいよな、と思った。だから、彼女の望むことをしてあげたい。

そのためなら、ウソなんていくらでもつけるし、自分をごまかしたっていい。

美久はなんで、こんなことを訊いてきたんだろう。

彼女のカレに言えないホンネ

おれが彼女に望むのは
笑っていてほしい
ってくらいかな

明るくて前向きな子だから
昔のようにいつも笑っていてほしい
そのためにいい彼氏にならなきゃな

景くんの言う〝いい彼氏〟ってなんなんだろう。

放課後の図書室でノートを広げたまま考える。

あたしにとって、ということだろうか。なにそれ。

それに。

「明るくて前向きな子、って、誰のことよ」

失笑が漏れる。

景くんにはあたしはそう見えているってことなのかな。

昔のあたしを知っていると、そう思っても仕方がないかもしれない。

でも、本当に？　あたしは明るくて前向きなの？

一生懸命笑っていたことや、かみちゃんに言われたことを思い出し、むなしくなる。

あたしは、景くんがイメージするような人間じゃない。

本当に明るくて前向きな子であれば、交換日記なんて続けていない。相手が景くんだと知ってしまったのに、自分の名前も伝えず、景くんだと気づいたことも言わず、なにも知らないふりをして彼の本音を盗み見ているあたしは、最低だ。

あの日、景くんとつき合うことになった日、交換日記の相手は景くんなのかもしれない、と気づいた。

ちゃんと真実をたしかめなければ、とその日の昼休み、あたしは図書室にずっと隠れていた。あたしに会いに景くんがクラスに来るかもしれないと思ったけれど、それよりもノートの相手が誰かのほうがあたしにとっては重要なことだ。

心臓をずっとバクバクさせながら、やり取りをしている棚が見える場所で気配を消しながら過ごした。

そして、昼休みが終わる直前、景くんは図書室にやってきた。

ノートを棚から抜き取り、あたりを見渡してから出ていく。そして、再びノートを元の位置に戻して帰った。

ノートには、彼の返事が書かれた印の水色の付箋が貼られていて、そのページには彼の文字が綴《つづ》られていた。

やっぱり、景くんがノートのやり取りの相手だった。

本当に、景くんなのか、実際目にしても信じられなかった。だって、ノートに書かれている内容があたしの知っている景くんのイメージからかけ離れすぎている。

でも、今までのノートでの会話がウソだとは思えなかった。

あたしは、誰にも言えない想いを書いた。

景くんも、同じだったんだ。

……っていうか、あたししょっぱなに、景くんの名前と一緒にきらいって書いてなかったっけ？　なんでその本人があんな親切な返事を書いたんだ。そのせいで景くんが相手だとは、これっぽっちも想像してなかった。

「まいったなあ」

はあ、とため息を吐いて床に座り込んだ。

理系コースはまだ七時間目の授業中なので、この時間だけは気を抜いて図書室に居座ることができる。

景くんは、やり取りの相手があたしだとは気づいていない。あたしにあけすけに話し、訊いてくるのは、なにも知らないからだ。

だとすれば、あたしだけが秘密を暴いてしまったことになる。

このままでいいわけがない。相手の本心をこそこそ覗き込むような行為は、だめだ。

逆の立場なら絶対いや。そんなことされたら最悪だ。

でも、正直に正体を明かす——のは、無理。

あたしがこんなことを言っていたのだと知られるのは恥ずかしすぎる。いたたまれない。それに、きらいとか言っちゃったし。八つ当たりだったんだと弁明して、信じてもらえなかったら……。

考えると、胃がきゅっと縮む。

やめないと。

やめないと。

景くんに本当のことを言わないまま、この交換日記をやめればいいだけ。

ずるくて、簡単な方法だ。

何度もそう思って決意をしたのに、あたしはいまだ名乗りもせず、景くんのことを知らないふりをして返事を書き続けている。

──本当の景くんを、知りたいから。

つき合わないか、と教室の真ん中で堂々と言ってくれた景くんを思い出す。

交換日記のことや、つき合って本当によかったのかをちゃんと景くんと話そうと決めて、帰りを待って一緒に帰った放課後のことも。

告白はうれしかった。でも、景くんは本気であたしのことを好きなわけじゃないと思っていた。だって、突然すぎる。少し前まであたしを気にしもしていなかったはずなのに、いったいどんな心境の変化があったのかと不思議で仕方がない。

景くんは、あたしに同情してくれただけ。

そう思った。

ノートの相手が景くんだとわかるまでは。

「本当にあたしのことを好きでいてくれるんだ……」

信じられない。信じられないくらいうれしい。

うれしいのに、どんどん罪悪感が大きくなる。

小学校や中学校のときにつき合った景くんと、今の景くんは全然ちがう。

好きだと言葉にしてくれたことはなかったし、デートにだって一度も誘ってくれなかった。

なのに、今までの景くんがノートに書いた返事を見れば、彼のその言動は納得できる。

なのに、今の景くんはあたしに好きだと言ってくれる。わざわざ教室にまで来て、出かけようとあたしを誘ってくれる。

——あたしのために。

景くんがかわったのは、きっとこの交換日記のせいだ。景くんは、あたしの好き勝手な意見を参考に、やさしく振る舞ってくれている。

どうしてだろう。

それを素直に受け止めて、よろこぶことができない。

「……つき合ってよかったのか、やっぱりわかんないや」

今まで何度も呟いたセリフを、また口にする。

景くんは、あたしのことを誤解している。

本当のあたしを知ったら、きっと好きじゃなくなる。

なのに、あたしに合わせようとしてくれている。

――その気持ちを、どう受け止めればいいのか、わからない。

いい彼氏にならなきゃな、なんて思わなくてもいいのに。

交換日記の景くんは、あたしのイメージとはちがった。あたしの知っている、あたしがイメージしていた景くんは、大人っぽくて落ち着いた雰囲気はあるけれど、いつも誰かと一緒にいて、みんなで集まるのが好きな男子だった。

小説を読むことも知らなかったし、文具が好きなことも、ジャズを聴くことも知らなかった。女子ともよく話す姿を見かけたから、苦手だなんて思わなかった。運動ができるから体を動かすのも好きな気がしていた。インドア派とは気づかなかった。

今まで、あたしは、景くんのなにを知っていたのだろう。

あたしは景くんのなにを見て好きだと思ったんだろう。

今も昔も、あたしは流行っているものが好きだ。人気のスポットは、楽しそうだからいい。アクセサリーもかわいいと思った。ネイルや化粧品は毎年流行色があって、それを追いかける。みんなも好きだと言うから、あたしも好き。

まわりが、みんなが。

景くんのことも、そんな理由だったのかもしれない。

じゃあ、今、景くんが好きなのはどうしてなのかな。この気持ちは、本当に自分が見つけた、あたしだけのものなのかな。

自信がなくなる。

でも、交換日記の景くんの本音を知って好きじゃなくなった、なんてことはない。

むしろ――ほっとする。

「……わかんなくなってきた」

がっくりと項垂れる。

「昔からまわりに合わせてた、からっぽの人間だもんな、あたしは」

かみちゃんに言われる前から、ずっと。

自分というもののない、からっぽの存在。

景くんがいう、昔の笑顔も。だから、自分の気持ちもわからない。

情けない。

そんなあたしに合わせようとなんて、いい彼氏になろうとなんて、しなくていいんだよ、景くん。

「とりあえず、帰ろ」

棚から体を起こして、ノートをカバンに入れる。

こんな気分のときに返事は書かないほうがいい。

そうでなくても最近は前のように気軽に返事ができない。

隠しごとをしている、言い換えればウソを吐いている状態ではどうしても気分がへこんでしまって、なにを書けばいいのかわからなくなる。それに、返事でボロを出すわけにはいかないし。

交換日記の相手は、見ず知らずの誰かでなければならない。

そのためにも、返事は一呼吸おくのが一番だ。

うじうじモードを振り払い、明るく、そしてさりげなく情報収集もしなければ。

そして、できるだけ景くんがあたしを前にしても本音で接してもらえるようにしよう。だって、あたしに合わせようとばかりされるのは心苦しい。むしろあたしが景くんに合わせるべきだ。

景くんが〝彼女〟にもなにか求めてくれたらいいんだけどなぁ。

なにも言わないのは、もしかするとあんまり信用してもらえていないからかもしれない、と思えてくる。

過去二回つき合ったときより、今が一番景くんから好かれていると感じる。

なのに、今までで一番、不安だ。

……変なの。

口にしたつもりだったのに、その言葉はどこにも届かずあたしの中にずしんと落ちてくる。

だめだな、あたし。

なんでこんなくすんだ気分になっているんだ。彼氏ができたんだから、ウキウキしなくちゃ。じゃないと、きっと景くんも気にしてしまう。

ぺちんと自分の頬を掌で軽く挟んで気持ちを入れ替える。

——と、忘れ物を思いだした。

明日英語の小テストがあるって言ってたはず。教科書机の中に入れっぱなしだ。

仕方ない、教室に戻ろう。あんまり点数悪いと先生にちくりと嫌みを言われるからなあ。

渡り廊下を通り過ぎて、再び文系コースの校舎に入る。授業はすでに終わっているので普段よりも静かだけれど、まだ授業中の理系コースの校舎よりもいろんな音が聞こえてくる。帰らずに友だちと遊んでいる子も多いのだろう。

教室にはまだ誰かいるのかな、と考えながらドアを開けると、浅香と眞帆の姿があった。ふたりのほかには誰もいないので、がらんとしている。

「あれ？　どうしたの美久」

眞帆が目を丸くしてあたしを手招きした。

「ふたりこそ」

「ジンくん待ってるところだよー」

「私は彼氏の日直終わるのを待ってる。美久も彼氏待ち？」

「あたしは英語の教科書忘れてたから取りに来ただけ」

眞帆も英語のテストのことを忘れていたらしく、慌てて教科書を探しカバンに入れていた。助かったーと笑う眞帆に、同じような笑顔を返した、つもりだ。

眞帆はもう、本当に気にしていないのか、気になって仕方がない。すぐに冗談だと言っていたけれど、その言葉をあたしは今も信じることができない。

かといって、その話題もしたくないので、なにも言えないでいる。

景くんとつき合った瞬間も見ていたし、祝福してくれたので大丈夫、と何度も言い聞かせているけれど、不安は拭えないままだ。

「美久は有埜くん待たないの？」

「え？　あ、うん。約束してないし」

待っていてほしい、と言われたこともない。

一緒に帰ったのは、つき合った日の月曜日だけだ。

ノートの相手が景くんだとわかった日だ。図書室でしばらく呆然と過ごしてから、話をしなければと景くんを待ち伏せをした。約束をしていたわけではない。

「有埜くんと帰ればいいのにー。理系終わるまで一緒に待つ？」

「約束してなくても？　迷惑にならない？」

おそるおそる訊くと、眞帆と浅香が不思議そうに顔を見合わせる。

「べつにいいでしょ。なに気を遣ってんの」

なるほど、そういうものなのか。

距離感がなかなか難しいので、ふたりの意見は助かる。

「でも美久、眞帆はひとりじゃつまんないから誘ってるだけよ。いやなら断っていいんだからね」

腕を組んでいる浅香が、呆れた様子で言った。

「そんな言い方しないでよ。まあ、否定はできないけど。だってひとりだと面倒くさいんだよ、男子にやたらと話しかけられてさ」

そう言って眞帆は口を尖らせた。

眞帆の話によれば、ひとりで教室にいると必ずと言っていいほど男子に話しかけられるらしい。彼氏を待っている、と話してもそれを信じず馴れ馴れしくずっとそばに居続ける人もいるとか。

たしかにそれはかなりいやだ。

「去年同じクラスだっただけのあいつがマジでしつこかった」

眞帆は心底いやそうな顔をしているけれど、その〝あいつ〟は女子にはそこそこモテてた男子だった。かっこいいけれど、思わせぶりな態度を見せるだけで、眞帆からの告白待ちしている感じがあたしはあまり好きじゃなかった。眞帆も同じ気持ちだったようだ。

かわいい子にはいろいろ悩みがあるらしく、大変そうだ。あたしには天地がひっくり返っても眞帆のような経験はできないだろう。

「眞帆も相手にするから調子乗るのよ。最初っからきっちり線を引いて接しないと」

「そんなことしてないし！　黙ってても寄ってくるのよー」

一度は言ってみたいセリフだなあ。

眞帆もいるし景くんを待っててもいいかも。

……彼氏と一緒に帰るって、いいよね。

前はそのシチュエーションにウキウキする余裕がなかったけど、今なら。

いや、もしかしたら景くんは放課後、誰かと約束をしているかもしれない。誘われたらあんまり断らないし。今メッセージを送っても授業中なのでタイミングが悪い。

もしも、友だちとの約束があるのにあたしが待っていたら、景くんはどちらを優先するんだろう。

ふとそんなことを考えてしまい、慌てて首を振る。そんな試すような真似はしたくない。それに、選ばれても選ばれなくても、いやだ。

やっぱり今日はやめておこう。事前にちゃんと約束をしておかないと景くんを困らせてしまう。家族に遅くなることも伝えてないし。

「あたしはまた今度にするよ。ごめんね、眞帆」

「わたしはいいけど、美久はいいの？」

「うん」

また今度、約束すればいい。

今日は、家に帰ってデートのことを考えよう。

景くんが考えてくれるって言ったけれど、任せっぱなしじゃなくてあたしもいくつか調べて提案してみよう。きっと景くんはあたしが好きそうなところを一生懸命選ぶから、あたしは、景くんが好きそうなものを。

そう考えると、ほんの少しだけ気分が浮上した。

素敵な子だね
でも本当にあなたのイメージする子なの？
あなたもまわりからのイメージと
本当の自分はちがうんでしょう？

彼女もそうかもしれないよ

あたしのイメージでは
あなたはサスペンス映画とか好きそうだけど
どう？　あってる？

それはないよ　って自慢になるけど
おれはたぶん　彼女のことを知ってる
と　信じてる。

正解　サスペンス映画好きなんだよな
あと時事的なものも惹かれるかも
まあ　なんでも観るけどな

あんたはどんな映画が好き？

好きな映画かーなんだろ
あたしもなんでも観るかな
でもきらいなのははっきりしてる
血が出るのは苦手　あとホラーは絶対無理
もし彼女がサスペンス映画ぎらいだったら
あなたは我慢するの？
本当のあなたのことを好きになって
もらわなくてもいいの？

血かー　たしかに痛そうだしな
おれは子どもと動物が
ひどい目にあうシーンがあると無理だな
たしかに彼女に本当のおれを
好きになってもらえたらいいけど
でも　おれが彼女に合わせることで
彼女が笑っていてくれるなら
それで好きになってもらえたら
おれは　それでいい

どうにか景くんのあたしに対するイメージを拭《ぬぐ》えないだろうかと交換日記で試行錯

誤してみたものの、なかなかうまくいかない。

本当に交換日記で景くんの思い描いている好きな子は、あたしのことなのだろうか。実はちがう人のことを言っているのでは。

景くんとは少しずつメッセージでのやり取りも増えた。きっかけはデートの相談だったけれど、やっと他愛ない話もできるようになった。

でも、メッセージでの景くんは自分のことをなにも言わない。

景くんはあんまり動き回るのは好きじゃないから、と思い、映画を観に行こうと言うと、

『映画でいいの？　テーマパークとか考えてたんだけど』

と返信があった。いや、テーマパークとが絶対苦手じゃん。

たしかに今はクリスマスイベント中だけれど。パレードがすごくかわいいっていうウワサだけれど。行きたいけど。

あたしが好きそうなところを探してくれたんだな、と思う。

でも、今回はだめだ。

『いや、映画がいいな！』

『美久がいいならいいけど。じゃあ映画のあとはぶらぶらする？』

ぶらぶらするのも好きじゃないのでは。

でも、あれもこれも否定するのはあまりよくないし、他になにができるのかも思いつかない。ランチとかカフェとかをぶらぶら探してのんびり過ごせばいいかな。オシャレなお店ではなく、景くんも落ち着いて過ごせそうな、純喫茶みたいなところならいいだろう。

そう考えて、なんとかデートの予定が決まった。

「とりあえず、予習は完璧、のはず」

土曜日の午後一時、駅前でひとりうなずく。

ふたりとも最寄り駅が同じなので、そこで待ち合わせすることになった。目的地はここから快速急行で二十五分ほどの駅だ。映画館もあるしショッピングモールも百貨店も商店街もある。暇をもてあそぶようなことにはならないだろう。

頭上に広がるのは、青空だ。降水確率は10%。雨の心配もない。風が少し冷たいけれど、動いていれば気にならないだろう。

ふうっと緊張をほぐすように息を吐きだし、コーヒーショップのガラスの前で、景くんを待つ。

そのあいだに、ガラスに映る自分の姿を最終チェックする。

いつもと同じ、低い位置で右側に寄せてひとつに括られた髪の毛も、今日はできるだけかわいく見えるように毛先をヘアアイロンでゆるく巻いた。耳元はさりげなく編み込みをしている。おかげで普段の三倍時間がかかった。

服装はベージュのサロペットに、白の七分丈のTシャツ、そして黒色のショート丈のトレンチコート。足下は白色のぺたんこスニーカーだ。

うん、大丈夫。

ほどよく気合いを感じて、ほどよくラフさもある。先月号の雑誌で見かけたコーディネイトを参考にしているので、きっと変ではないはずだ。それに、希美ちゃんに写メで確認もしてもらった。

かわいいと、思ってもらえたらいいなあ。

……景くんはどんな格好でくるだろう。

考えると、一気に緊張感が増した。心臓がばくばくしてきて、痛苦しい。やばい、呼吸も荒くなってきた。体中からどろりと汗が浮かんでくるのがわかる。

大丈夫、大丈夫だ。

細く長い息を吐き出して、心臓と呼吸を落ち着かせる。

「美久」

名前を呼ばれた瞬間、口から心臓が飛び出てきそうになった。

「お、おはよう!」

「おう」

元気いっぱい挨拶をしてしまった。けれど、景くんはいつもどおりだ。涼しい顔をして目の前に立っている。

景くんは、白いTシャツに、黒とグレーのチェックの厚手のシャツを羽織っている。

細身のカーゴパンツに大きめのスニーカー、そしてワンショルダーのバッグ。

そつなくまとめている感じが景くんって感じだ。シンプルなものばかりなのに、それが自分に一番似合うのを知っているにちがいない。

かっこいいなぁ。

「私服かわいいな」

じいっと景くんの服装を観察していると、彼の口が動いた。

かわ、かわいい？　かわいいって言った？　景くんが？　そんなこと言うタイプじゃないのに！

「……っな、なに？　急に！　どうしたの！」

顔が真っ赤に染まるのがわかる。

景くんはそんなあたしを見て、耐えきれなくなったかのように「はは」と笑う。

――そんな笑顔を見せるなんて、ずるい。

きゅううっと心臓が鳴る。今日一日で寿命が大分減ってしまいそうだ。

「もう！　はやく電車に乗るよ！」

「はいはい」

ぷいっとそっぽを向いて改札口に向かうと、景くんがついてくる。

落ち着け、落ち着け。あの景くんがまさか『かわいい』だなんて恥ずかしげもなく口にすると思っていなかったから、驚いただけだ。

ああもう、あたしひとりであたふたして、かっこ悪い。

当の本人である景くんはまったく気にしていないのか、普段通りの表情だ。感情があまり顔に出ないので、いまいちなにを考えているのかわからない。

に、とにかく、今日は楽しい一日を過ごそう。

中学のときのように、ワガママにならないように。景くんにも楽しんでもらえるよううに。それが今日の目標だ。

「ついたら先に映画館行くだろ」

「お昼ご飯食べた？」

「そういえば帰る時間とか決めてる？」

景くんは目的地につくまでの電車の中で今日のデートについての話をする。思った以上にいろんなことを考えていてくれていたらしい。

めちゃくちゃ調べてくれたんだろうなあ。

もしかしてお店の候補もあるんじゃないだろうか。あたしが好きそうな、先月オープンしたばかりの紅茶専門店とか日本初上陸のチョコレート店とかリストアップしてそうだ。

どう考えても、景くんがくつろげる雰囲気ではない。

交換日記がなければ、こんなふうに景くんに寄り添った考えができなかっただろう。むしろ、めちゃくちゃうれしくてバカみたいに喜んでいた気がする。

そのくらい景くんの振る舞いは自然だ。焦ったり戸惑ったりしないから、スマートにこなしているような印象を受ける。こういうところから、彼はなんでもできるイメージを抱かれてしまうんだろうなあ。

っていうか、それを知っていても、景くんは悩んででも結局なんでもできちゃうんだな、と思う。

実際の彼は今、心の中ではなにを考えているのかな。

「なんか、昔と逆だね」

ぽつりと呟くと、それを景くんが拾い上げて「そうかな」と肩をすくめた。

しゃべるのはいつもあたしだった。景くんは「うん」とか「へえ」とか「そうなんだ」とかしか言わなかった。

「じゃあ、美久が話してよ」

「えー。なんだろ。あ、最近、本に興味あるかな？」

「っえ？」

景くんの様子を探るように言うと、彼の顔がさっとかわった。

これは言っちゃだめなやつだ！

おれも好きなんだ、と話が盛り上がるかと思ったけれど、ちょっと急ぎすぎたかもしれない。やばい。どうしよう！

瞬時に頭をフル回転させて、

「おばあちゃんが最近読書にはまってでね」

と言葉をつけ加えた。ウソではない。本当のことだ。

「おばあちゃんが本を読みだしたから、あたしもちょっと読んでみようかなって。まあ、全然進まないんだけど」

「ああ、そうなんだ」

心なし、景くんがほっとしたような表情をした。

「え、えっと、景くんは、本は？」

「いや、おれは、まあ普通」

なんとか自然に話をつなげていこうとおそるおそる景くんに訊くと、よくわからない返事をされた。普通とはなんなんだ。

「なにそれ。読むの？　読まないの？」

かわすような返事に、ぐいと迫る。景くんはちょっと体を引いた。なんでそんなことをしつこく聞くのかと不思議に思っているのだろう。

「おれのことはいいだろ」

「なんでよ」

「今日はデートだから」

意味がわからない。

まったく話がつながっていない。のに。

デート、という単語に体がむずむずしてしまう。

「ずるい」

「はは」

むうっと口をとがらせると、景くんが笑った。

くしゃりと、顔を崩す。

目を細めて、歯を見せて、笑う。

かわいい、な。

景くんってこんなふうに笑うんだ。

今まで何度も笑顔を見ていた。なのに、彼への気持ちから目をそらしていた今までと、好きだと気づいたあとの今では、見えかたがまったくちがって感じる。

景くんは視線を一瞬揺らして、そして、
目が合う。

「かわいい」

とはにかんだ。

景くんもだよ。景くんこそかわいいよ。景くんのほうがかわいいよ。

電車の中が、暑くて仕方がない。

恥ずかしいのに口元に力が入らなくてへにゃへにゃしてしまう。

「はは、真っ赤だな」

「もう、景くんは黙ってて」

そっぽを向いて流れ去る窓の外の景色を見つめながら言うと、景くんがやさしい、
安堵するような笑みを浮かべているのが窓に映った。


映画館のロビーで、ふたりポスターの前に並ぶ。

「これがいいんじゃないか？」

景くんが指さしたポスターは、あたし好みのほのぼの系青春恋愛映画だ。最近テレビのCMがよく流れていて、なかなか評判がいいらしい。ほかに景くんがタイトルを

あげたのは、海外の恋愛映画とアニメ映画だ。

たしかにどれも観てみたい、けど。

「景くんは？」

「え？」

「景くんは観たいのないの？」

きょとんとする景くんに訊くと、えー、と景くんが困ったように眉を寄せた。そして、ほんの一瞬だけ、とある映画のポスターにちらりと視線が向ける。

交換日記の情報から、景くんが好きそうだと思った映画だ。海外の実際にあった事件を元にしたクライムサスペンス映画。ネットの情報によると、やや暴力描写があるらしい。

「あれは？」

答えない景くんのかわりにポスターを指さすと、景くんは「いや、あれはやめよう」と間髪を容れずに首を振った。

「なんで？」

「おれはこっちが観たい」

かわりに選んだのは、さっきあたしに提案した中のひとつのアニメ映画だ。でも、これは序盤、幼い主人公がかなり過酷な日々を送るシーンがあると聞いている。気分が沈んだというレビューを見た。

景くんが苦手なやつじゃん。

「でも、これは」

「上映時間もちょうどいいし」

そう言われてしまうとこれ以上否定することができなかった。あまり過剰にべつの映画を押しつけると、ボロも出そうだ。

んじゃそうしよう、と不満を顔に出さないように同意して、チケットを購入する。

映画がはじまる前にショッピングモールで軽くご飯を食べることになり、余った時間は近くにある店で時間を潰した。

そのすべてを、景くんはあたしの好みを最優先にした。かわいらしくてオシャレなオムライス専門店、女子高生に人気の雑貨屋に、アクセサリー店。

映画を観終わったあとも、さりげなくあたしが気になっていた紅茶専門店に連れてきてくれた。

そういうのを事前に調べてきてくれたのがわかるほど、振る舞いがスマートだ。

「無理してない？」

少し居心地悪そうに目の前に座る景くんに声をかける。

店内は白とピンクを基調にしたガラス張りの明るい雰囲気だった。上品で、あたしには落ち着くけれど、景くんは苦手なんだろうな、と思う。

中学のときのデートで入ったお店も、こんな感じだった。いや、もっとかわいらしい店内だったかも。店に入るまでかなり渋っていたし、ずっと不機嫌な顔をしていたのを思いだす。会話もできないほどピリピリした空気になった。

……そういえば、あの店はなんで選んだんだっけ？　たまたま歩いていたら見つけたのかな。

「いや、慣れないだけ」

そわそわと視線をせわしなく動かしながら景くんが答える。

「まわり女子ばっかりだもんね」

「そうそう」

「ねえ、映画、面白かった？」

うん、と言ってくれたけれど、それが本心かどうかはわからなかった。

「美久は？」

「うん、面白かった。あの監督が人気なのも納得だなって。絵もきれいだし、主題歌もよかったな」

「さすが、詳しいな」

はは、と景くんが笑う。

眉を下げているので、笑顔、とはちょっとちがう感じがした。

「お兄ちゃんにもよく言われる。情報がはやい、ミーハーだって」

だから、あたしの好みばかり気にしなくていいんだよ、と想いを込めて呟く。

ただの、流行り好きのミーハーだ。こだわりがあるわけじゃない。お兄ちゃんみたいに、音楽に好きなジャンルはない。デスメタルは全く理解できないので、あれだけはどれだけ流行ってもハマらないかもしれないけれど。

でも、そういう、他人に理解されなくても好きだと思えるものがあるのは羨ましいと思う。

景くんにも、そういうものがあるのを、あたしは知っている。

昔のあたしはそれがなにかは知らなかった。けれど、景くんに惹かれたのは、きっとそういう部分だ。知らなくても、景くんは景くんで、どこかにちゃんと芯があるように見えたから。

それは、あたしにはないものだ。

だから、そのままでいていい。からっぽのあたしに合わせる必要はない。

「ミーハーって、すげーよな」

しみじみと景くんが言ったので、思わず「は？」と間抜けな声を発してしまった。

「なにがすごいの？　ただ流行ってるの追いかけてるだけだよ」

「なんでそんな、卑下《ひげ》した言い方してんの？　美久は、流行りが好きなんだろ？」

「そう、だけど。でも、なんにもすごくないよ」

でも、薄っぺらいから。そう、かみちゃんに言われたから。まわりにそう思われているから。

「おれは美久がなんでそう思うのかわかんねえんだけど」

景くんは首を傾げて言った。

そのタイミングで、「お待たせしました」と店員さんがテーブルにやってきた。

景くんが注文したふわふわのカフェオレには、猫の形のクリームがのせられていて、それがかわいい。

あたしはハーブティで、レモンを絞って入れると水色から紫色にかわる、というものだ。あたしはハーブティが好きなわけじゃない。きらいでも好きでもない。ただ、これが飲みたかっただけ。

なんでこんなにきれいに色がかわるのか、すごく不思議で気になった。

「美久のそれ、おいしい？　すごい色してるけど」

「うん。面白い」

景くんに訊かれて素直に答えると「面白いんだ」と笑われた。

「でもそれが、美久の好きなものなんだよな」

「そうなの、かな」

どうだろうと思いながら返事をすると、景くんは「そうだよ」とはっきりと言った。

「ミーハーだなって、思わないの？」

「ミーハーだとなんか問題あんの？」

問題、と言われるとうまく答えられない。

しばらく半透明の紫色を眺めながら考える。

「前に……友だちに自分がないって言われたことが、ある。そのとおりだなって、あたしはからっぽなのかな、て思った」

景くんだって、昔はバカにしていたはずだ。

それを口にすると景くんを傷つけそうだから黙っておいた。

「そう言われたことがあっても、美久は昔も今も流行りが好きだろ」

たしかに、気にしながらも流行りを追いかけている。だって、流行りでしか、新しいものを見つけられない。なにが好きかわからないから、だから。それだけだ。

みんなが経験してるからやってみないといけない、とか、まだみんなが知らないうちに食べてみたいとか、みんなが持っているなら手にしたいとか、そういう理由。

それは、好き、とはちがう気がする。

「おれ、今日出かけるのにいろいろ調べたんだけど」

景くんがカフェオレの上にいる猫をスプーンですくってぱくんと食べた。

「山ほどあってさ、その中で気になるものを選ぶのって、大変だった」

「そんなの、誰でもできるよ」

慣れみたいなものだ。

「好きじゃないとできねえよ」

景くんは、強い口調で言う。

「他人がどう思っても、おれはそう思う」

やさしい笑みを浮かべて、景くんが言った。

あたしを、まっすぐに見つめて、あたしに言う。

今、はじめて〝あたし〟はここにいたんだと思った。

いつも楽しい気持ちで情報を集めていた。なにがあるんだろう、今はどんな新しいものがこの世にあるのだろうと。その数が多ければ多いほどウキウキした。

その時間が好きだったんだなと、今はじめて気づいた。

もちろん、今日のようにそれを体験する時間も。

何年も悩んできたのに、景くんの言葉ひとつでこんな気持ちになるなんて。なんて単純なんだろう、あたし。

「おれはよく姉ちゃんに食わずぎらいをしすぎって言われるしな」

「あたしは、節操がないってお兄ちゃんに言われるよ」

目を合わせて、ふたりで笑う。

自分で気づかなかっただけで、そう考えることもできるんだ。ミーハーも、べつに気にすることじゃないんだ。

気にしてもやめられなかったのは、それが、好きだったからだ。

「節操がないのも、からっぽなのも、べつにいいんじゃね。だからこそいろんなものを調べることから全部、楽しめるんだろ」

目を瞬かせて、景くんの言葉に耳を傾ける。

「楽しめるってほかの人より楽しいことがたくさんあるってことだよ。おれは視野が狭いから、猫のクリームがおいしいなんて、今日まで知らなかった」

口にしてから、景くんは「あれってカフェオレにまぜるべきだった?」と首を捻る。

うん、あの猫はあれだけで食べるものじゃないと思う。

でも、そういうのも楽しいよね。

「なんでも好き、てのは自慢になるよ」

自慢か。そっか。そんな考えもあるんだな。

うれしい。今までちょっとしこりになって胸に残ってたものが、ぱっと弾けて消えていくのがわかる。透明な液体になって、涙として体からこぼれそうになる。

だからこそ、思う。

この場にいる景くんは本当に楽しいのかな、て。

あたしの好き、は景くんの好き、じゃない。

ずっと、景くんはあたしの好みに合わせてくれた。

そわそわと落ち着かない様子を見せることはあるけれど、いやな顔は一度もしない。昔のデートのように無言になることもない。

美久はどうする？　美久はなにがいい？

景くんは毎回あたしに意見を求める。

まわりの人は、景くんをやさしい彼氏だと思うだろう。表情がかわらないから、景くんが我慢してるとは誰も思わないはずだ。あたしも、交換日記がなければ知らなかった。

でも。もうあたしは知ってしまった。

だから、やさしくされるたびに、胸が痛む。

ちりちりと、火であぶられているみたいに。

店を出ると、ゆったりと太陽が沈んでいく時間になっていた。道路沿いの木々が風に揺れてカサカサと鳴る。枯れ葉が一枚、足元に落ちてきた。

「ねえ、あとで文具見に行ってもいい？」

「いいよ」

「景くんは、シャーペンとか、興味ない？」

「普通かな」

「書店に興味ない？　見たい本あれば行く？」

「いや、大丈夫だよ」

ウソツキ。

そう責めたくなる。けれど、目が合うたびに景くんは目を細める。あたしが楽しんでいるのかたしかめるように顔を覗き込んでくる。

「あんまりじっと見ないで」

目をそらすと、景くんは「なんで」と噴き出した。

やさしくて胸があたたかくなる。なのに、さびしい。

中学のとき、景くんとのデートで、あたしはこんなふうに過ごしたかった。

今のデートは、あのころのあたしが望んだものだ。なのに。

きゅっと唇を噛むと、右手にぬくもりが重なる。あたしが驚くよりも先に、景くんがしっかりとあたしと指先を絡ませて握った。

無言になったあたしを不思議に思ったのか、景くんが横を見る。あたしと目を合わせると、くすりと口の端を引き上げる。

これは、誰なんだろう。景くんに似ているだけの別人と一緒にいるみたいだ。

「あ、美久」

視界がくすんで足元から力が抜けそうになったとき、景くんがあたしの名前を呼んだ。そしてつながった手で道沿いにある小さなお店を指す。アクセサリーショップだ。

行こう、とあたしの手を引いて店内に入ると、景くんはとあるイヤーカフを手に取った。三連になっていて、ロングチェーンがついている。それを、あたしの耳にあてた。

「これ、似合うと思う」

うん、とひとり納得したようにうなずいた景くんに、胸が甘く痛んだ。

うれしい。苦しい。

景くんのやさしさを疑うわけじゃない。

一緒にいる時間は楽しい。

けれど——それはすべて、景くんの我慢の上に成り立っていることを、あたしは知っている。

あたしが交換日記でわかりやすい人がいいと言ったから、景くんは好きとかかわいいとかを、口にする。自分の苦手なものを我慢して、あたしの好みを優先する。

そして、自分の趣味さえも否定する。

じゃあ、今、景くんが話している言葉は、どこからどこまでが本音なの。

「うれしい」

イヤーカフを手にしてそう言うと、景くんの耳がほんのりと赤くなった。

「記念に、美久にプレゼントするよ」

「……ありがとう」

本当にプレゼントしたい、と思ってくれているのかな。

そんな最低なことを考えてしまう自分に嫌悪感でいっぱいになる。

ラッピングされた小さな袋を景くんから受け取り、「大事にするね」と笑いかけた。

余計なことは考えたらだめだ。ひとりで卑屈になっても、いいことはない。

今は、素直に喜ぶべきだ。

ありがとう、ともう一度口にすると、景くんは再びあたしの手を取って歩く。

「夏だったらベトベトだったかも」

ふふっと、笑って景くんに話しかけると、景くんは「秋でよかった、汗だくになるところだった」と涼しい顔をして答える。

髪の毛がひらひらと風になびいていた。

汗だくの景くんが見れたら、景くんのやさしさを受け止められたのだろうか。

「景くん、楽しかった？」

「そりゃあ」

その言葉を信じられただろうか。

そう思っているのに、手を離さないあたしは、ワガママなのかな。

彼女はそんなの
求めてないかもしれないじゃない
本当の自分を出してみたらどうかな？
彼女だってそのほうがうれしいよ
きっと　絶対

あの返事は、一体誰のために書いたのだろう。

本当の自分を出してみたら、なんて、自分勝手にもほどがある。

わたしだってしないくせに相手にそれを求めるなんて。

週明けの月曜日、朝から暗雲が広がっていて頭も体も重い。デートのあとから思考回路がぐちゃぐちゃのままなのは、この天候のせいだ。

図書室に行ってから教室で机に突っ伏して時間を潰していると、

「どうしたの、美久」

と、浅香がやってきてあたしに声をかけてきた。起きていたつもりだったけれど、うとうとしていたらしい。まだ数人しかいなかったはずの教室には、もう半分以上の生徒がいた。

「おはよ、大丈夫。眠いだけー」

顔を上げて答えると、ちょうど教室に入ってきた眞帆と目が合う。

「あ、眞帆、おはよう」

「はよー」

いつものように笑顔で挨拶を交わすと、眞帆は自分の席にカバンを置いてあたしの前の席に腰を下ろした。

「ねぇねぇ、美久。ひとつ訊きたいことあるんだけどさ」

「なに？」

頬杖をついて、眞帆はにこやかにあたしの顔を見る。

なんとなく、それがいつもとちがって見えた。

「ねえ、美久の家って、お母さんいないの？」

なんで、急に。

思わず言葉を失う。

なんで眞帆が、そのことを知っているのか。

考えればすぐに答えはわかる。陣内くんから聞いたのだろう。なにかの会話の流れで、そういう話になってもおかしくない。中学のころのあたしは母親がいないことを隠していなかった。だから、陣内くんも隠すようなことだとは思わなかったのだろう。

「えっと、その」

なんて説明すればいいだろう。

隠していた理由を言うべきか、それともただ謝るべきか。

でも、理由は言えない。言いたくない。

中学のときのことは、説明したくない。

「なんでなにも言わなかったの？」

眞帆の表情は、怒っている、わけではなかった。表情はいつもどおりだ。けれど、あまりにも淡々と話をするので、怒っていないとも言い切れない。

「ごめん、その、気を遣わせるかなって」

ビクビクしながら答えると、眞帆は「なにそれ」とため息を吐いた。

「意味わかんないんだけど。なんでそんなに怯《おび》えてんの？　わたしってそんな怖い？」

「そういうわけじゃ」

「なにピリピリしてんの、眞帆。美久にもなんか事情があるんでしょ」

むうっとする眞帆に戸惑っていると、浅香が言った。

「そうだけどさあ。浅香は気にならないわけ？　ずーっと母親の話をしてても笑ってたんだよ？　言ってくれたらいいのにさあ」

「今わかったんだからそれでいいじゃない」

眞帆の言葉に、浅香が不機嫌そうに眉を寄せた。まるで鏡のように、眞帆も眉間に皺を刻む。ふたりの空気が険悪《けんあく》になり、焦る。萎縮する。

「わたしに気を遣わせるからって美久が気を遣うとか意味わかんなくない？」

たしかに、そういうことになるのか。

いや、あたしは気を遣っていたわけではないのだけれど。でも。

「それに、美久にひどいこと言ってたことになるじゃん、わたし」

「あの、そんなことないよ。ただ、わざわざ、言わなくてもいいかなって」

母親がいないことは、あたしにとってたいしたことじゃない。だから、隠すことも苦ではなかった。そう伝わるように笑顔を見せる。

「だからって！」

「美久がそう言うなら、私はいいと思うよ。言いにくいことくらいあるだろうし。もう私たちは知っちゃったからさ、これからは気にせず言えばいいよ」

浅香がそっとあたしの背中に手を添える。あまりのやさしさに胸が痛む。浅香は、あたしの気持ちをやさしい気持ちで受け止めてくれている。

――そんな、純粋な気持ちで言わなかったわけじゃないのに。

ふたりに知られて、これからはどう振る舞えばいいのか悩んでいるくらいなのに。

「わたしはべつに怒ってるわけじゃないよ。けど、気になるじゃん」

眞帆の諦めたような呆れたような態度と声に、体が小さく震えた。

「眞帆が気にしても仕方ないでしょ。美久の問題なんだから。大きなお世話でしょ」

「浅香は大人だね。っていうかつめたくない？　冷めすぎ」

「……なんで私がそんなこと言われなきゃいけないの。眞帆はちょっと感情的になりすぎなんじゃないの？　もうちょっと冷静に考えてからしゃべりなよ」

「ちょっと待って、ふたりとも！」

ギスギスし出したふたりのあいだに割って入るけれど、すでに遅かった。

ふたりはあたしを無視してにらみ合っている。あたしのせいでこんなことになるなんて、思ってもいなかった。

「あの、あたしが悪いんだよ。親の話は、その、あんまり言うことじゃないのかなって思ってただけで、あたしは大丈夫だから」

必死に顔に笑顔を貼りつけて不穏な空気を払拭しようとする。

「なに笑ってんの、美久。美久は笑って大丈夫だってことにしたいんだろうけど、大丈夫になるのは美久だけだから」

眞帆がすっくと立ち上がり、あたしのとなりを通り過ぎて教室を出て行った。

――『笑って、大丈夫なことにしたい』

眞帆のセリフは、まちがいなくあたしの本音だった。

「ったく、眞帆は感情的なんだから」

腕を組んで浅香が肩をすくめる。そして「すぐに忘れて話しかけてくるから気にしなくていいよ」と言ってくれた。

「……浅香も、ごめん」

「謝ることじゃないって。家族のことなんだから。まあ、言ってくれたらよかったのに、とも思うけどね。ただ隠されてたからってなにも問題ないでしょ」

ぽんぽんっとあたしを慰めるように肩を叩いて、浅香は自分の席に向かう。

〝明るくて前向きな子だから　そのままでいてほしい〟

景くんはあたしのことをそう言った。

でも、実際はちがうんだ。

笑って、ごまかしていた。

お母さんがいなくても、あたしはなんにも気にしていない、と伝えるために。

──『お母さんがいなくて大変なのに』

べつに、大変じゃない。

──『ひどいこと言ってたことになるじゃん』

そんなことない。

むしろ、そんなふうに思われたくないから、あたしはずっと笑っていた。笑って、お母さんがいないことはなんにも気にしていないのだと、平気なのだと伝えていた。

でも、それも結局まわりを不快にしていたのだと中学のときに知った。

そして今は、なにも言わなかったことで、眞帆を怒らせた。

あたしはどうしたらよかったのだろう。

いったい、なにが正解なのだろう。

まさか　そんなはずないよ
だって本当のおれは
彼女の好みとはかけ離れてるしな
クールで大人でかっこいい
イメージどおりのおれじゃないと
本当の　運動ぎらいなインドアで
口下手で考えてるだけでなにもしない
弱虫で卑怯なおれは　だめだめなんだ

誰よりも、あたしがウソツキだった。

放課後、校門の前で立っていると、友だちと集団で近づいてくる景くんの姿を見つけた。もう空は薄暗いのに、遠目でもすぐに景くんだとわかる。楽しそうに笑っていて、それは土曜日の景くんとはまたちがう人に見えた。

「どうした？　美久」

ぼんやりとそれを眺めていると、景くんがあたしに気づいて近づいてくる。

「もしかして待ってた？」

「あ、うん」

でも、と景くんのそばにいる理系コースの友だちたちに視線を向ける。約束があったのだろう。

やっぱり前もってメッセージを送っておけばよかった。

悩んで悩んで、断られるのを避けて待ち伏せという方法を選んでしまったけれど、景くんの困惑した表情を見て、今さら後悔する。

あたしはバカだ。自分のことしか考えていなかった。

「ごめん、ちょっと居残りしてたから、それだけ。景くん友だちと約束してるんだよね。行ってきて」

「あ、でも」

景くんの視線が揺れる。

どうしようかと悩んでいる。

「彼女優先でしょ、そこは」

バカじゃないの、とひとりの女子が言ってあたしたちを通り過ぎた。

「おい、でも」

「え、有埜くんそんなこともわかんないの？」

「景またなあ」

他の女子がつめたい視線を景くんに向けて、男子たちはぎゃははと笑いながら景くん置いて歩いて行った。

景くんはぽかんとした表情で友だちの背中を見つめる。そして「まあいいか」とくるりと振り返りあたしを見た。

「どうした、美久。なんかあったのか？」

「いいの？」

「どうやってあいつらを断ろうかと思ったから、ラッキーだった」

そう言って、景くんがあたしの手を取った。

景くんは友だちを追いかけずにあたしのそばにいてくれる。そして、微笑んでくれる。そのやさしさに涙がうかんでくる。

なんで、こんなにあたしに気を遣ってくれるのだろう。

景くんが好きになってくれたあたしは、ただの卑怯者なのに。自分のことしか考えていない自己中心的な性格をしているのに。好きになってくれた笑顔も、ただの仮面なのに。

好きなものをバカにされても笑って聞き流す。かわいそうだと言われても、笑える。笑っていれば、傷ついたことにはならないから。

本当は『うるさいな』と文句を言いたかった。

でも言えないから笑っていた。

だから〝明るくて前向きな子〟というあたしは、存在していない。

そんなニセモノのあたしのせいで、景くんは、自分を隠し続ける。

景くんにウソを吐かせているのはあたしのせい。そんなあたしが景くんに素直になってほしいだなんて、なにバカなことを言っているのか。

景くんに気を遣われたくないとどの口が言う。

友だちに気を遣って、必死になって、結果的に傷つけたあたしが。

「美久？　なんで泣いてんの？」

「……泣いてない。泣く資格なんてない」

「なに言ってんの」

奥歯を噛んで必死に涙を止めようとするけれど、ぼとぼととあふれて落ちていく。

約束もせずに待ち伏せし、なにも言わずに泣いているあたしは、なんて面倒くさい彼女なのか。自分でもいやになる。

「面倒でしょ、あたし」

「まあ、そんなことないとは、言えないけど。でもそんなときもあるんじゃないか？ ただ、理由がわかんねえから困るかな」

こんなときでも景くんは景くんだ。

泣いているあたしの頬を、景くんの両手が包む。

「でも、美久はたまには泣いていいと思うから、いいんじゃないか？」

親指の背で、あたしの涙を拭って言った。

「泣いたら、からっぽになっちゃうから、いやだ」

涙になって体から出てしまうと、大事なものまで失ってしまうみたいな気がする。人を傷つけたのはあたしなんだから、その痛みくらいは自分の中にとどめておかなくちゃいけないのに。

「からっぽでもいいじゃん、て言っただろ」

「いいわけないんだよ、そんなの」

手当たり次第にまわりの意見を詰め込んだ。

欲張って詰め込んで、その結果がこれだ。なにもかも身にならない。ずっと迷って、悩んで、それでもいつもいつも、まわりの人を不快にさせてしまう。

得たものは自己防衛だけ。

笑って、人と向き合うのを避ける。逃げる。

他人を気にして、他人に合わせて。

――いつでも自分を守れるように。

だから、景くんに告白されたときも、あたしは好きだとは、言えなかった。

また別れるのが怖いから。別れたときのための、保険だ。

景くんが、どんな気持ちで『利用していい』と言ったのかわかっていて、その気持ちを有耶無耶のままにした。

なんでもかんでもほしがって、落としてなくしてしまわないように必死だった。大事にするのではなく、なくさないようにばかり考えていた。

その結果、あたしはまわりを傷つける。自分のせいなのに自分も傷つく。

泣いて、リセットして、別のなにかを詰め込もうとする。

堂々巡りだ。

涙を呑み込むように奥歯を噛んで顔を上げた。目の前に、景くんの顔がある。

景くんの背中に手を回して、ぎゅっと抱きしめる。

「なに?」

「なんでもない」

ゆっくりと瞼を閉じる。そして、深呼吸をする。

目の前にいるあたたかい人をちゃんと心に刻む。

そして、

「ごめん、帰ろっか」

景くんに笑顔を見せた。

「……なんなんだよ一体」

えー、と小さな声でぼやきながらも、景くんはそれ以上なにも言わなかった。

今のままじゃだめだ。

このままでいたらずっと卑怯な弱虫でしかいられない。そんなあたしのために、景くんは無理をする必要はない。そんなことをさせてしまう自分も、いやだ。

今ここに、そばにいてくれただけで十分だ。

あたしはいつも自分のことばかりだった。

けれど、これだけは言える。自信を持って、思う。
あたしは景くんと別れるべきだ。
景くんが好きだから。
目の前に、雨がぽつんと空から落ちてきた。

レモンイエローの、奮闘

彼が贈るラブレター

別れたほうがいいんじゃない？
その彼女は
あなたにはもったいないよ
別れたほうがいい

おれは、これをどういう意味で受け取ればいいのだろうか。

放課後の図書室で、雨音を聞きながらノートを見てかたまる。

まさか、こんな返事が書かれているとは思わなかった。

これを書いたのは美久だけれど、相手がおれだとは知らないはずだ。知っているはずがない。だから、美久が実際つき合ったおれに対して思っていること、というわけではない、はず。

そう思っているのに、心臓が不穏な音を鳴らしておれの体を揺らしている。

土曜日のデートは、問題がなかった、はずだ。

少なくとも、中学のときよりもいい雰囲気だった、と思う。美久と一緒に楽しむ余裕がない自分にムカつくこともなかったし、どうすればいいのかひとりで考えてばかりで手もつなげず、美久の話をまともに聞けなかった、なんてこともない。

なんせ、今回はめちゃくちゃ頑張って準備をした。めちゃくちゃ調べて、姉ちゃんにボロカス言われて、四回も企画書を作った。

当日も自分の趣味を美久にバレないように気をつけたし、かわいいとか好きだとか、思ったときはできるだけすぐ口にするようにした。それに、勇気を出して美久の手を握った。振り払われたらどうしようかと内心めちゃくちゃ怖かったけれど、美久はおれの手を握り返してくれた。

笑ってくれていた。ときおりさびしげな、気遣うような笑みを見せていたのは、好きではないおれに対する同情心からかもしれない。それでも、決して悪い時間ではなかったはずだ。

めちゃくちゃ神経を使った。

そのせいなのかはわからないが、帰宅してから次の日の日曜日もずっと疲れ果てて寝て過ごした。

それはきっと関係ない。美久にはそんなこと言ってないし、メッセージのやり取りはしていた。しかも『また出かけよう』『今度はあそこに行きたい』という内容だった。

——考えられるのは、昨日の件しかない。

なんの連絡もなくおれの帰りを待っていたことにも驚いたけれど、突然泣き出した美久に、おれはろくな慰めができなかった。

なにがあったのか訊いてもはっきりと答えなかったので、訊かれたくないのかとあまり追求しなかった。

それが悪かったのか？

泣いている彼女を目の前にしたらどうするのが正解なんだ。

いや、でもすぐに泣き止んで笑っていた。帰りはずっと手をつないでいたし、美久はもう落ち込んでいるようにも見えなかった。

むしろ、すっきりしていたんじゃないか、と思う。

……どういうことだ。

さっぱりわからん。

ちょっと落ち着こう、おれ。

まず、図書室を出て人通りの少ない階段に移動し、腰を下ろす。そして深呼吸を繰り返す。パニックの波が少しずつ引いていく。

よし、もう一度考えよう。

そもそも、このノートの美久は、相手がおれだとは知らないはずだ。

つまり、おれと美久のことではない、ということだ。

……わかっているのに拭えないこの不安の理由は、やっぱり昨日の放課後に美久の見せた涙だ。そして、おれはあれ以来美久と顔を合わせていない。

朝、文系コースに顔を出したときには、まだ美久は登校していなかった。メッセージを送ると寝坊をしてギリギリになったと言っていた。昼休みはなにやら用事があると言われて、会えなかった。

なんの用事か訊かなかったけれど、もしかしておれを避けていた、とか？

外からは雨音が鳴り響いている。バチバチと窓を打ちつけるような雨が、おれの気分を重くさせる。

頭を抱えて大きなため息を吐くと、ずんと体が重くなったような気がした。

なんでこんな恋愛に右往左往しているんだろう、おれは。

もっと、それこそみんながイメージするようなおれであれば、こんなに悩むことはないのだろう。スマートに彼女とつき合えたはず。

……そんな自分を、自分ではまったく想像できないけれど。

おそらく、考えすぎだ。

わかっている。ノートの美久と、彼女である美久を重ねるのはおかしい。美久にとってはノートのおれと彼氏のおれは別人なのだから。

心なし、さっきよりも雨脚が強まった気がした。

これ以上ひどくなる前に帰ろうと体を起こす。そして帰る前に連絡しておこうと美久とのメッセージ画面を開き『今から帰るところ』と送る。

と、すぐに『あたしもまだ学校にいる』と返事が届いた。

え、なんで。今日も待っててくれたのか？

『せっかくだから一緒に帰ろう』

戸惑っていると、追加のメッセージが届き、『わかった』と返事をする。

昨日だけじゃなくて今日も一緒に帰れるのか。昼休みに会えなかったからだろうか。

今日は友だちとの約束もないので、気を遣う必要もない。

さっきまで重かった体が心なし軽くなり、待ち合わせの靴箱に足早に向かった。

待っててくれたなら、前もって言ってくれたらいいのに。それなら友だちの誘いも最初から全部断るのに。

きっと、おれのことを気にかけて躊躇しているんだろう。美久は結構気を遣いすぎるところがある。今回つき合ってわかったことだ。

「景くん」

靴箱にはすでに美久が待っていた。

「寝不足？　顔色悪くねえか？」

「ああ、雨だからちょっと頭が痛いんだよね」

美久は苦笑しながら言った。クラスの女子もなんか同じようなことを言っていた。低気圧で偏頭痛がひどくなるのだとか。

「しんどかったら無理して待たなくてよかったのに」

「大丈夫。一緒に帰りたかったから」

さらりとうれしいことを言われて、それ以上なにも返せなかった。しばらくしてからここで「ありがと」とか「うれしい」と素直に言うべきだったんだと気づく。

思ったことを口にするというのは、なかなか難しいな。

でも、美久は前よりもおれのことを好きになってくれているのではないだろうか。

一緒にいるときの会話も、ずいぶんと自然になった気がする。デートのときも文句を言い合った。
もう少し時間が経てば、昔のようにケンカもできるだろうか。
――『景くんはほんっと人の話を聞いてない！』
――『聞いてるって言ってるだろ』
――『はい、じゃああたしの話を聞いてどう思ったか感想を述べよ』
――『えー、そんなのわかんねえよ』
――『聞いてないじゃん』
昔のやり取りを思い出す。美久は本気で怒っていたわけじゃなく、おれもそんな時間を楽しんでいた。あんなふうに一緒にいて気楽な関係になれたらいい。そして、それ以上に、美久と楽しい時間を過ごせればいい。
「なに笑ってるの」
いつの間にか頬が緩んでいたらしい。
傘を手にした美久がおれのとなりに並び、訝しげに見てくる。
「小学校のときの会話を思いだしてた」
「なにかあったっけ？」
ぱんっと傘を開き、並んで歩きだす。

「いや、とくに。よく文句の言い合いしたなと思っただけ」

「ああ……そうだね」

あのころと比べると美久はずいぶん大人しくなった。友だちといるときはまだ笑っているけれど、昔のような勢いでしゃべる感じはない。

でも、やっぱりかわっていないと思う。

昔から、美久の笑顔がときどき泣きそうに見えたことがある。惹かれたのはそのいびつさだったのだと、今になってわかる。

今も、ときおりそういう笑いかたする。

「景くん」

美久が呼びかけてきたので振り向いたけれど、美久の顔は傘に隠れてよく見えなかった。雨のせいか傘のせいか、声もくぐもって聞こえて、そのあとに美久が発した声はうまく聞き取ることができない。

「なに」

足を止めると、美久も足を止める。

「景くんは、あたしのこと、昔とかわってないって思う?」

考えていたことを口に出していただろうかと、ちょっと焦る。

「そりゃあ、かわってないいんじゃないか?」

この返事であっているのだろうか。

でも、悪い意味ではないのだから、大丈夫だよな。

表情には出ていなかっただろうけれど、ビクビクしながら美久の反応を確認すると、
美久はふんわりと、さびしげに笑っていた。

それは、どういう笑顔だ。

「あたしも、そう思う」

ふふ、と目を伏せて美久が小さな笑い声を上げた。そして「だからね」と言葉をつけ足す。

「だから、景くんは本当のあたしのことは、好きにならないと思う」

「——は？」

思いがけないセリフに、素っ頓狂な声を大きめに出してしまった。

いや、なんだその発言。なんでそうなる。

「なに、急に」

「だって、おかしいでしょ？」

美久の瞳には、なぜか、涙が溜まっていた。泣きそうに顔を歪めて笑っていた。

おれが見たいのは、そんな顔じゃない。

「あたしずっと、まわりの目を気にしてたの。笑顔でいたのも、あたしが毎日楽しそ

うに見えるかなって思ってただけ。誰とでも話してたのも、いい子に見えるかなって」

まわりを気にしている、ということは知っていたけれど、そんなふうに見えたことはなかった。

じゃあ、ずっと無理して笑っていたってことか？

——おれは、それに気づかなかった？

「あたし、からっぽなの。ミーハーで、笑ってごまかして、まわりの目を気にしてばっかりなの」

「それ、は」

ノートで聞いていたことだ。でも、知ってる、とは言えない。

でも、そんなことおれは気にしていない。

「だから、この前、それも好きなことだって言ってもらえてうれしかった」

「……だったら」

「でも、昔から、今も、だよ。あのころから、あたしはかわってないんだよ。そして、あのころの景くんは、そんなあたしを好きじゃなかったはず」

なんの話をしているのだろう。

あのころ、中学のとき、おれは美久が好きだった、と、思う。

面倒だとか、うっとうしい、と思ったことはあるけれど、好きじゃないと思ったことはない。きらいだ、と思っても、好きじゃない、にはならない。

わかんねえ。美久の言っていることは全部、わからないんだよ。

イライラする。

「デートでずっと不機嫌だったでしょ」

「あ、あれは」

ただ、恥ずかしかっただけ。

それだけのことだ。

っていうか、おれのそんな態度に、美久が嫌気をさしたんじゃないのか？

「あのときと、あたしは同じ」

そう言ってから、美久は再び傘で顔を隠して歩きだした。

「同じなのに、思い出が美化されて、あたしのことを誤解してると、思う」

……なんだそれ。

なんで、そんなことを言われなきゃいけねえんだ。

「勝手におれの気持ちを決めつけんなよ。なんなんだよ一体！」

ぐいと美久の肩を掴む。見開いた美久の瞳に、おれが映り込む。

「美久が言ってること全然わかんねえんだけど。なんなの。好きだって言ってんだろ。

おれが好きだって言ってんのになにが問題なんだよ」

「わかってるよ！」

わかってねえからそんなことが言えるんじゃねえか。

いつの間にか、自分が持っていたはずの傘が地面に転がっている。雨が空から針のように降ってきて、全身が痛い。ひりひり、ちくちく、する。

視界が雨で、かすんでいた。

「景くん、土曜日あたしと一緒にいて楽しかったの？」

「そうだよ」

「ウソつき」

美久がおれを睨めつける。

なんでそんなふうに睨まれなくちゃいけないのか。

そう思うのに、声が出なかった。

「楽しいわけないじゃん。あたしが楽しいことばっかりなんだもん。あたしと景くんは一緒じゃないのに」

「でも！」

「……っそれでも、うれしかったよ！」

なんだ、それ。

美久は顔を歪ませる。涙を必死にこらえて、口を固く結んで、おれを見る。

「だから——つらいんだよ」

声を絞り出す美久に、喉が萎む。

呼吸をするだけで、目頭が熱くなってくる。

「あたしのために、つき合おうって言ってくれて、ありがとう。好きだって言ってくれたのもうれしかった」

美久は、なにを言おうとしているのか。

わかっている。おれはもう気づいている。

でも気づかないふりをして話を終わらせたい。

「でも、景くんに無理をさせてまでつき合い続けたくない」

無理、という言葉に反応してしまうおれに、美久は気づいたのだろうか。

「あたしも景くんのことが好きだから」

そんな、やさしさからの『好き』なんか言わなくてもいいのに。

べつに好きじゃなくてもよかった。美久がおれを好きじゃないのはわかっていた。

それでもいいと承知の上だったのだから。

「景くんは、景くんの好きなことを、してほしい」

「してる、つもりだよ」

「昔と全然ちがうじゃん。落ち着かないカフェなんて好きじゃないでしょ。甘い物も本当は苦手なんじゃない？　映画だって、本当に面白かった？」

そう言われると、そのとおりだ。

いや、でも。

なにか、言わないと。そう思うのに声が喉を通らない。

「そんなの、あたしがうれしくないの。あたしがいやなの」

無理をしていたつもりはなかった。

努力はしていた。かわろうと思って、行動していた。

それはそんなに美久に負担をかけてしまうようなものだったのだろうか。

「明るくて前向きなあたしはウソツキなあたしが作ったニセモノなの」

〝本当のあたしを好きになってくれる人なら　きっとあたしもその人を好きになると思う〟

美久の言葉が、ノートの書き込みと重なる。

――『景くんは本当のあたしのことは、好きにならないと思う』

本当の美久を、おれは、知っている。知っているつもり、だった。

でも、本当の美久って、なんだ。

おれが思っていた以上に昔から無理して笑っていることも知らなかったくせに。

ノートで話をしたことで、わかった気になっていただけなのだろうか。

傘を持つ手から力が抜けていく。
なんで突然こんな話になっているんだろう。
昨日まで、メッセージをしていたのに。デートもしたのに。
雨音の中で「ごめんね」と美久が謝罪の言葉を口にしたのが聞こえてくる。

「別れよう」

美久は笑顔でそう言った。
雨が降りしきる中、いつの間にかおれはひとりになっていた。

なんでそんなこと言うんだよ

って言いたいところなんだけど

おれがだめなんだろうな

ちがう　そうじゃない
あなたはそのままでいい
彼女に合わせることもしないでいいの
無理して観たい映画を我慢することもない
観たくない苦手な映画を観る必要もない
好きなものを
否定しなくてもいいんだよ
本屋をわざわざ避けなくてもいいんだよ

「なんでそんなジメジメした空気出してんの、景！」

交換日記を受け取って、残りの昼休みを机に突っ伏して過ごしていると、べしっとジンに頭を叩かれた。じっとりと睨みながら顔を上げると、ジンのとなりにはまほちゃんもいて「へこんでんの有埜くん」とケラケラと笑っている。

なぜまほちゃんが理系コースの校舎にいるんだ。いや、ここ最近ずっとか。前までジンが文系コースに行っていたのに。

彼女と仲良しなのをアピールしているのだろうか。いやがらせだ。

うるせえなあ、とそっぽを向いて、雨はやんだものの昨日からすっきりとはしてない曇り空を見つめる。

昼休みに受け取ったノートを見る限り、美久は相手がおれだと気づいたわけではなさそうだ。じゃあ、美久は、どういうつもりであの返事を書いたんだ。

「なにがあったのー、有埜くんが落ち込むなんて意外ー」

まほちゃんがおれではなくジンに聞くと、

「瀬戸山とつき合って一週間でフラれたんだよ」

とジンが明るい声で言った。落ち込んでるおれに容赦がない。ちっと舌打ちをする。

「え？」

どうせまほちゃんも知っているのだろう、と思っていると、かなり驚かれた。そして「なんで？」と今度はおれに訊く。

「いや、なんでって、っていうか知らなかったのか？」

あんなにいつも一緒にいるのに？

おれの質問に、まほちゃんは顔を顰めて、額に手を当てた。動揺しているのかしばらくなにも言わず、ジンと顔を見合わせる。

「ごめん、有埜くん、わたしのせいかもしれない」

怒っているのか困っているのか、まほちゃんの声がいつもより低い。

「なんでまほちゃんが？」

「眞帆ちゃんは悪くないだろ」

事情を絶対知らないくせに言い切るジンに、

「今ケンカ中なの」

とまほちゃんが答える。

あんなに仲がよかったのになにがあったんだ。

なにより、美久が友だちとケンカをする姿は想像できなかった。

……美久が、笑っていたから。

拗ねることはあった。怒ることもある。でも——美久はいつもその感情を最後には笑って終わらせていた。そう気づいて、美久が言っていたことの本当の意味がわかる。

笑ってごまかしていた、とそう言った意味が。

でも、本当に？　それだけか？

まほちゃんは手を絡めてもじもじと動かす。

「いや、美久が悪いわけじゃなくて、わたしが一方的に。っていうか、浅香は美久を理解してやさしい言葉をかけるのに、わたしはできないからイラついて、ひとりで怒ってるだけ」

どうやら、それからほとんど美久とは口を利いていないらしい。

昼休みにおれらの教室に来ていたのはそういう理由か。

「美久にひどいこと言っちゃって、気まずい」

むうっと子どものように口を尖らせたまほちゃんは、怒っているというよりも後悔していて、どうしていいのかわからないのだと思った。

「なにが原因でそんなことになったわけ？」

なんて言うべきか悩んでいると、ジンがまほちゃんに聞く。

「一昨日、親の話で責めちゃった」

まほちゃんは肩を落としてぼそぼそと答える。

一昨日、という言葉にはっとする。

美久が、泣いた日だ。あれは、まほちゃんとのことが原因だったのか。

親の話、というのは、美久に母親がいないことだろう。

「ねえ、美久、気を遣われるのがきらいなの？」

「あー……いや、おれも、その辺はよくわかんないな」

でも、フラれたときの会話から考えると、そうなのかもしれない。

「ただ、まわりを、気にしてしまうっていうのは、言ってたかな」

あれ、この話はしていいのだろうか。

口にしたあとに「しまった」と思ったけれど、もう取り消すことはできなかった。

けれど、まほちゃんは「そっか」と小さな声で答えるだけで、特別驚いた様子はない。

もしかしたら、普段の美久からなにかを感じていたのかもしれない。

なんとなく、三人のあいだにある空気が重くなる。

「眞帆ちゃんは隠されてたことに怒ってんの？」

「そういうわけじゃないんだけど。ただ、言ってほしかったっていうか、今までわたしの発言で、美久に我慢させていたのかなって。それを聞いたら、浅香にたしなめられて。それで余計に、わたしが悪いのかなって」

「えー？　べつに悪くないと思うけど」

ジンは首を捻るものの、実際それほど真剣に受け答えをしているようには見えなかった。というか、なんでそんなことでケンカになるかよくわかっていないのでは。

まあ、まほちゃんの気持ちも、ジンの気持ちもわかる。

そして、美久の気持ちも。

おれは美久に合わせた。無理をしているつもりはなかったけれど、自分の好きなものを我慢したのはまちがいない。

気を遣うと、相手も同じだけ気を遣うことになる、のかもしれない。

もし、おれと美久の立場が逆なら、おれは、つき合えただろうか。

美久がおれのために、流行りを我慢するのを想像すると、いやだな、と思った。

「なんでも言ってくれたらいいのよ、美久は。思うように振る舞えばいいじゃん」

「そりゃ無理だろ」

まほちゃんが頬を膨らませて文句を言うと、ジンがケラケラと笑う。それに対してまほちゃんがムッとした顔をする。

「なんでよ!」

まほちゃんってもっとこう、かわいらしいイメージだった。けれど、結構性格がキツイのかもしれない。

「思うように振る舞ったらただの自己中じゃん」

ジンは怒られてもヘラヘラしている。

「それにまほちゃんだって、オレに思うように接してないっしょ」

「……な、そ、それは」

そして、まほちゃんの図星を突く。

ジンは普段ヘラヘラしているくせに、とくに誰かを好きになると一直線でまわりが見えないくらい浮かれたやつになるのに、普段はまわりをよく見ているムードメーカーだ。だからこそ、まほちゃんの怒りを軽くかわせるのだろう。

お似合いなんだな、このふたりは。

「だ、だって、それは」

「オレも眞帆ちゃんに好かれるためならいい男になろうって努力するし」

「わたしだって、きらわれたくないから、猫かぶる」

でしょー、とジンがデレデレした顔を見せた。

目の前でいちゃつくふたりを見て砂を吐き出したくなる。おれ、昨日フラれたばかりなんだけど。その話をしてたんだろうが。なんだこれ。

「本当の自分なんて、あってないようなもんなんだよ。時間が経てばかわりもするし、突然なんらかの影響をうけることだってあるわけじゃん」

思わず、なるほど、と言葉がこぼれる。

「気遣いも多少は必要だし、まわりを無視して自由に振る舞うのもいいけど。なにしたって結局のところ、全部ひっくるめてその人らしいってことなんじゃね？」

「どういうこと」

なんだか陣内講座を聴いているように、おれとまほちゃんは身を乗り出して真面目に耳を傾けた。

「オレは、オレのためにかわいくいてくれようとする眞帆ちゃんが好きだってこと」

でへーと目尻を下げるジンに、盛大な舌打ちをする。

なんだこいつ。

そしてなにが一番ムカつくって、なるほど、とちょっと思ってしまったことだ。

美久に言われてからすっきりしなかったものがぽろぽろと剥がれ落ちていく感覚がする。

本当の美久と、おれの好きな美久。

「でもそれって、ウソついてるわたしじゃん」

「そうだよ。ウソついてるってところがいいんだから」

なにそれーとまほちゃんは頬を膨らませているけれど、うれしそうだ。

ウソを吐いているところが、いい。

「そうだよな。そんな上手に、隠せねえよな。ウソついてることくらい、わかるよな」

ひとりごつと、ジンが「親しくなったらわかるだろ」と言った。なにを隠してるかまでわかんねえけどー、詐欺師なら無理だけどー、とまほちゃんと見つめ合う。

ふたりのことは無視をして考える。

そうだよな。

おれも、美久も。

ジンも、まほちゃんも。

だっておれは、美久がウソを吐いていることを知っている。だからって、きらいだとは思わなかった。言われてみれば、とも思った。

面倒くさそうなところも、満面の笑みも、必死にまわりに合わせるところも、流行りに目がないミーハーなところも、本音を書いていただろうノートの美久と、実際おれが見てきた美久は、ちゃんと同一人物だ。

ウソも含めて。

「なあ、おれのイメージってどんなの？」

ふと疑問に思ってふたりに訊くと、ふたりは顔を見合わせて、

「知らない」とまほちゃんが答えた。そして、

「考えすぎる。真面目」とジンが言った。

なるほど。

まほちゃんの『知らない』に笑ってしまう。

そりゃそうか。まほちゃんとおれはそんなにしゃべったことがないもんな。知らないのは当たり前だ。

そしてジンの発言にも納得する。

女子に言われたイメージに囚われすぎていたんじゃないか、おれは。

そう考えるとなんてバカバカしいのかと思った。

「じゃあ美久は？」

「美久は、要領が悪い」

「単純？」

ふたりの意見がまったくちがったことに、なぜかほっとした。

イメージなんてこのくらい、適当なもんだ。でも、かすっていないわけでもない。

ふたりの抱く美久のイメージは、ちゃんと美久の一部だ。

おれは、美久のことを『わかったつもり』になっていた。

本当の自分なんて、自分でだってわからないし、いとも簡単にかわるのにな。

面倒くさがりのおれが、美久とのデートのためにめちゃくちゃ調べて、姉ちゃんに何度もぼろくそ言われて、それでも諦めなかったように。

裏と表が、ウソとホントが、そこにはあるんだと思い込んで、勝手に美久の姿をふたつにわけて受け止めていたんじゃないか。

本当はもっと、曖昧なものだったのかもしれない。曖昧で、無数にある。

家に帰ってから、交換日記を机に広げる。

美久が書いていた言葉と、おれの見ていた美久を重ねるために。

同時に、このやり取りはもう終わらせたほうがいいんだろうな、とも。

もう一度、美久と話をしたい。

「このままでいいわけあるか」

それじゃ、中学のときと同じだ。

フラれたことにはかわりがないし、告白したところで再びつき合えるとは思っていない。好きだと言ってくれたけれど、美久の『好き』はおれと同じ意味じゃないことくらい、わかっている。

笑っていた美久が好きだった。

あのころのように笑ってほしいと思った。同時に、かすかな陰りを隠していたその笑みを守りたいと思った。

伝えなければ、きっと美久はこれから先も誤解をし続ける。おれの気持ちも、自分自身のことも。

——もしかしたら、今、美久は泣いているかもしれない。

そんな美久に、今のおれにできることは、ちゃんと伝えることしかなかった。

そのためには、このノートのことも言わないといけない。

「あれ」

決意を固めたところで手が止まった。

美久の最後の返事を読み直す。


〝無理して観たい映画を我慢することもない〟

〝観たくない苦手な映画を観る必要もない〟

〝本屋をわざわざ避けなくてもいいんだよ〟


昼休みに見たときは美久と別れたことで頭がいっぱいだったから気づかなかった。

なんだこれ。なんでだ。変じゃないか？

まるで、デートのことを言っているみたいだ。あの日のおれの行動を見ていたかのような内容だ。なんで、知ってるんだ。

っていうか、読み返してみるとその前の返事もおかしい。

おれはまだつき合ったとは言っていなかった。告白したことも、はっきりとは伝えていない。そんなことを言えば、タイミング的にやり取りしているのがおれだとバレる可能性があるから。

なのに、なんで別れたほうがいい、なんて書いたのだろう。

ノートの美久は、おれがつき合ったことを知っている。そして美久と一緒に出かけて、おれが美久に合わせていたことも。

話の内容でわからないとも言い切れない。けれど、ここまでかぶるものだろうか。


——もしかして、美久は、相手がおれだと知っているんじゃないか？


おれが気づいたのだから、なにかの拍子に美久が気づいてもおかしくはない。

じゃあ、いつから。知っていて、なんで美久はなにも言わなかった？

ノートの相手がおれだとわかっていながら、このやり取りを続けていたのか？

なんのために？

なんで？　どうして？

おれとつき合ったのは、どのタイミングだったんだ？

いくつもの疑問が浮かぶ。

だからこそ、伝えたい言葉が浮かんだ。

無理をしてもウソを吐いても
そばにいたかったんだ

たとえそれが、美久にバレバレのかっこ悪い行動だとしても。

彼女の涙のラブレター

そう言ってくれるのはうれしいけど
でもやっぱりおれが悪いんだよ
ごめん　気を遣わせてしまって
むしろ負担にさせたよな

回りくどいことをせずにぶつかればよかった
わかった気になって空回りしてたんだ

でも　それでもやっぱり
美久の前でおれはかっこつけると思う

好きだから

おれの見てた美久は本当の美久だと思う
美久がなんて言おうとも
ウソを吐いていた美久も　好きなんだ

そしてそれは　おれだけじゃない
美久が自分を好きじゃなくても
美久を好きなやつはほかにもちゃんといるから

どういうこと。

どう読んでも、これは〝あたし〟に向けられている内容だ。なんせあたしの名前がはっきりと書かれている。

景くんは……ノートの相手があたしだって知っていた、ということだろうか。しかも、あたしも相手が景くんだと知っている、ということも気づいている。

え？　いつから？　なんで？

パニックになってノートをめくる。

どこでまちがえた？　どこでミスをした？

必死に手を動かして、そして、止める。

なにをしているんだ、あたしは。今さらそれを知ったところで、どうすることもできないのに。っていうか、まだ交換日記を続けるつもりだった自分にうんざりする。

別れることを決意したくせに、未練がましくやり取りを続けるなんて。

彼からの返事を期待して、こうしていつものようにわざわざ朝早く図書室に来てしまうなんて。本当にバカみたい。往生際が悪い。続けてどうしたいんだ。

――でも、この展開は、予想していなかった。

ずるずると床に座り込んで、手をつく。

最低だな、あたし。最低すぎて、泣けてくる。

〝好きだから〟

どうしてだろう。面と向かって言われた告白の言葉よりも、胸にずっと響いた。だからこそ、胸が苦しい。

〝美久を好きなやつはほかにもちゃんといるから〟

これは、別れの言葉だ。

そんな人いない。いなくていい。

「あたしが好きなのは、景くんだし」

景くん以外に好かれたってうれしくもなんともない。

誰でもいい、だなんてウソだ。はじめから、わかっていた。

あたしはずっと、景くんを意識していた。だから、景くんなんかきらいだと自分に言い聞かせていただけの、意地っ張りなウソツキだ。

景くんが好きだと言ってくれるなら、あたしも景くんが好きなら、あのままつき合っていた方がよかったのかな。そんなバカみたいな後悔に襲われる。

どうして、昔のようにケンカができないんだろう。お互いに言いたいことを言えないのだろう。そうしたら、お互いもう少し、我慢をせずにつき合えたはずなのに。

でも無理だった。あたしも、景くんも。あたしたちはつき合ったあの瞬間から、遠慮ばかりしていた。自分の気持ちにも、相手の気持ちにも。

それが、苦しくて仕方がなかった。

好きだから、自分のことが許せなかった。

そして、逃げた。

……あたしはいつまで同じことを繰り返すんだろう。

自分で決めたくせに、いざこうして景くんがあたしとの関係を受け入れたら、うじうじうじうじ、自分で自分がいやになる。

「……自分に腹が立ってきた」

そう呟いたけれど、相変わらずあたしの体は縮こまったままだ。

とはいえ、いつまでも図書室でうずくまっているわけにはいかず、のろのろと腰を上げて廊下に出る。

眞帆は今日も、陣内くんのクラスにいるのかな。

お母さんがいないことを知られてから、眞帆とは微妙な関係のままだ。挨拶はする、けれど、前のように一緒にお昼ご飯を食べることはなくなった。

あたし、眞帆からも逃げているんだな。

いいの？　このままでいいの？

自分を叱咤する、けれど、足がすくむ。

「わかってるし！」

渡り廊下にさしかかったところで、眞帆の大きな声が聞こえて足が止まった。

ちょうど今学校に来たところらしい。思わずそっと物陰に隠れて靴箱のほうを見た。

たぶん、今日も陣内くんと一緒なのだろう。

「ならいいけど」

けれど、眞帆のとなりにいたのは、景くんだった。

なんで、ふたりが一緒にいるの？

「有埜くんに言われたくないんだけどなあ……」

「なんでだよ」

「っていうか、お節介だよね、有埜くん」

眞帆にそう言われた景くんは、肩をすくめて苦く笑った。

いつのまに仲良くなったんだろう。陣内くんという共通の知り合いがいるし、一緒に出かけたことがあるので話をするのはおかしいことじゃない。それに、景くんが女子と話しているところだって、はじめて見るわけじゃない。それがたまたま、眞帆なだけだ。

でも、ふたりの会話は、すごく、親しげだった。

景くんの表情はどこかやさしそうに見える。それに態度もかなり自然だ。

眞帆も、あたしの知っている気の強い眞帆だった。

陣内くんの前では、もう少しかわいらしい。じゃあ、どうして今は素の眞帆なんだろう。景くんにはする必要がないから？　でも、眞帆はどんな男子にも、あれほど砕けた物言いはしていなかったはずだ。

ふたりが並んでいる姿を、見つめる。

ねえ、陣内くんはなんでいないの？

もしかして――別れたとか？

まさか、景くんと？

いや、ふたりともそんなすぐにつき合ったり別れたりはしないはずだ。

――でも、本気で好きになっていたら？

別れたのに、自分から別れようと言ったのに、頭上から大きな岩が落ちてきたみたいに、頭がぐらぐらと揺れる。体に力が入らなくなり、壁に手をつく。

ふたりは靴箱で話してから、ふたりはそれぞれの教室に向かうためか、反対方に歩きだす。

やばい！　景くんが今あたしのいる渡り廊下に来る！

このまま突っ立っていたら絶対に見つかる！

あわあわと隠れる場所を探して、中庭に出て低い壁に背を預けしゃがむ。ここなら……前を見ていたら景くんの視界にはいることはない、はずだ。

両手で口元を押さえ、息を潜める。

景くんが近づいてくる足音が聞こえる。

どうか気づかれませんように……！　お願いします！

「なにしてんの、美久」

頭上から景くんの声が降ってきて、脱力してしまう。

……即行で見つかった。

そろそろと振り仰ぐと、景くんが呆れた顔をしてあたしを見下ろしている。

「ご、ごめん」

「いや、謝るようなことでもないけど」

そうかもしれない。けれど、言葉がうまく出てこない。

それに……景くんって交換日記のことに気づいているんだよね。

ずっと騙していたあたしのことを、景くんはどう思っているんだろう。うしろめたくて、あまりにかっこ悪くみっともなく、最低な自分に、目を合わせられなくなる。

視線を泳がせながらこの場をどうしようかと考えていると、景くんの大きな手が目の前に差し出された。

「おれも、悪かった」

「……なんで景くんが、謝るの」

返答はない。

そのかわり、景くんはあたしの手を掴んで引き上げる。

目の前にいる景くんは、つき合っていたときよりも身近に感じた。あたしたちのあいだには、低いとはいえ壁があるのに。

今までとなにがちがうのかわからない。あたしは今はじめて、景くんと目を合わせているのかもしれない。そんなはずないのに。

「おれ、本当に視野が狭かったな。悪かったな、美久」

「どうしたの、急に」

急にどうしてそんなことを言い出すのかわからないけれど、謝ることじゃない。

「それは、悪いことじゃないって、言った気がするけど」

景くんの手は、まだあたしの手を掴んでいた。

風が吹いて、髪の毛が乱れる。

「ちゃんと、前が見えてるから、迷わないでしょ」

「見えてるものが正しいかはわかんないだろ。現におれは、美久のことをちゃんと見てなかった」

そう言われて、胸がずきりと痛んだ。

つまりそれは、やっぱり、好きになったあたしはニセモノだったことに気づいた、ということなんだろう。

自分でも景くんにそう言ったのに、苦しくなる。

「そう、だね」

「でも、べつにそんなことはどうでもいいよな、とも思ってる」

どういう意味だろう。

上目遣いに景くんを見ると、彼は目を細めてあたしを見ていた。

あたしが好きになった景くんだ、と思った。趣味や好みなんか知らなかった。そんなことは、どうでもよかった。

まっすぐに人を見る目が、好きだった。

握られた手が、熱くなる。

「まわりを気にするなって言うのは簡単だけど、気にするのが美久ならそのままでいいと思う。だけど〝まわり〟と〝そばにいるやつ〟は一緒にしちゃだめだ」

「……なに――わ」

さっきよりも強い風が背後から襲ってきて、思わず目をつむる。緩く括っていただけだった髪の毛が乱れる。

「ただの同級生と、まほちゃんを同じだと思ってるなら、それは、美久が悪い」

眞帆の名前に、体が硬直する。

なんでここで、眞帆の名前が出てくるの。

――と、思ったら、頬に景くんの指先が触れたのがわかった。

目が、見開く。

景くんは、あたしの乱れた髪の毛をそっと整えてくれた。

細められた彼の目には、あたししか映っていないことがわかる。

「からっぽだって、言っただろ、美久」

「いっ……た」

声が震えてしまった。

「おれ、むしろ美久は一度からっぽになったほうがいいと思う」

「え、どういうこと」

「考えすぎてこじらせてるなって。からっぽとかいっぱいとかじゃなくて、両手一杯にいくつものグラス抱えてる感じ。身動きできなくて大変そう」

もしかしてあたしは今、バカにされているのだろうか。

むっとすると、景くんはくつくつと笑う。

でも、悔しいことになんとなく、わからないでもないなと思った。

「からっぽになっても、おれはいるつもりだから」

――え？

「おれは迷わないんだろ？　だから、美久が迷ったら手を差し出してやる」

それは、友人として、だろうか。

まるで、告白されているみたいに胸が高鳴る。

勘違いしそうになる。

「それに、おれ以外にもいるから」

景くんはそう言って、あたしの手を放し、かわりに肩を掴む。そして、くるりとあたしの体を回転させた。

目の前には、腰に手を当てて立っている眞帆がいた。

「じゃあな」

背中をぽんっと押される。

振り返ると、景くんはあたしに背中を向けて校舎に向かっていた。

「なにしてたの、あんなところに隠れて」

渡り廊下から教室に移動すると、眞帆があたしの顔を覗き込む。

眞帆と景くんのツーショットに戸惑ってしまって、とは言いにくい。

景くんと、仲良くなったんだね。陣内くんはどうしたの？

そんなバカみたいなことを言ってしまうのはいやだ。

「べつになんにもないからね」

「え……？」

「どーせ誤解してるんでしょ。美久のことだから自分から言わなさそうだしわたしから言うけど、なんにもない。ただ駅であっただけ。ちなみに陣内くんは寝坊」

眞帆がずいと顔を近づける。そして「わかった？」と言って笑った。

涙が、こぼれる。

なんの涙なのかわからないけれど、止めようと思う間もなく、目からあふれる。

「ちょ、ちょっと！　わたしが泣かせたみたいになるでしょ！」

「ご、ごめん」

泣きたいわけじゃないのに。泣きたくないのに。

眞帆が笑ってくれたから。景くんとなんでもないと言ったから。

涙が止まらなくなる。

今のあたしの、言葉にできない感情の、この涙が答えだ、と思った。

結局、浅香がやってくるまでに涙を止めることができず、眞帆は浅香に泣かせたんじゃないかと怒られてしまった。誤解を解くにもまずは泣き止まなければいけない。

涙を拭いふたりのあいだに入って説明すると、

「なんでそんなことで泣くわけ？」

浅香が心底不思議そうに言った。

あたしもそう思う。眞帆も「ほんとだよー焦る！」と腰に手を当て頬を膨らませた。

「っていうか眞帆が誤解させるようなことするから悪いんでしょ」

「たまたま会っただけだし」

「普段の行いよ。男にもてるアピールしてるから」

なにそのアピール。

目を瞬かせると、浅香は「美久は思ってなかったの」と失笑されてしまった。

眞帆も浅香の言葉に否定をしない。

「え、眞帆、アピールしてたの?」

「まさか。ただそう言われることは知ってただけ」

なんでそう言われるのだろう。

「眞帆ってすぐに痴漢されたとか告白されたとか言うでしょ。あれを、私はモテるのよアピールをしている、って思う人が一定数いるってこと」

「マジウザい。痴漢の気持ち悪さ知らないんだよ、ほんっと最悪なのにさ」

舌打ち混じりに眞帆が言う。

今までそんなふうに受け取ったことがなかったので、目からうろこだ。

あたしにはそう見えなくても、ほかの人も同じわけじゃない。考えれば当たり前のことなのに、今はじめて納得した。

「眞帆は、気にならないの?」

あたしが訊くと、眞帆は「気にしたところでイメージはかわんないから」と堂々と答える。

「そう思う人もいるし、そう思わない人もいるでしょ」

でも、と眞帆があたしの顔を見る。

「美久に誤解させてしまったのは、ごめん」

「い、いや！　あたしが……その、いろいろ落ち込んでたというか、悶々としてたから、不安になっただけで」

言葉にしながら、なにを言っているんだろう、と思う。

もうあたしと景くんにはなんの関係もないのに。

語尾がどんどん小さくなって、消えていく。

「わたしがずっと、美久の親のことで拗ねてたってのもあるよね。有埜くんとは、その話をしてただけなんだけど、ごめん」

「眞帆はなにも、悪くない。から謝らないで」

そう言いながら、ほっとしている自分もいる。

あたしのこの意気地なしな性格が、なにも悪くない眞帆を謝らせてしまっている。

勝手に勘違いしたあたしが悪いのに。

――『〝まわり〟と〝そばにいるやつ〟は一緒にしちゃだめだ』

景くんに言われたセリフを思いだす。

あたしは、まわりの他人の中に、友だちの眞帆を勝手に当てはめていた。

あふれる。

想いがぎゅうぎゅうと押しつぶされる。

景くんの言ったように、持ちきれないほどのたくさんのグラスが揺れて、倒れる。

「――あたし、ぶりっこらしいの」

ぎゅっと拳を作り、勇気を振り絞った。

口の中がカラカラに乾いてくる。

突然の告白に、眞帆は目を見開き、そばにいる浅香もぽかんと口をあけた。

「お母さんがいないって知られると、みんながかわいそうって空気を出すから、それがいやで、なんともないって、笑うようにしてたの。でも」

しどろもどろで話すあたしの声に、ふたりは黙って耳を傾けてくれた。

「親の話も、同情を誘ってる、気を遣わせるって、言われたことがあって」

だから言えなかった。できるだけその話題を避けるしかなかった。

ほんとうは男ぎらいではないこと、流行りが好きなことを吐きだす。きっとめちゃくちゃな説明だったのだろう。話が終わるとふたりはしばらく口を閉じていた。

そして、浅香が「なるほど」と呟く。

「それで男子を避けてたの？」

うん、とうなずくと、浅香はしばらくあたしの顔を眺める。そして、

「ねえ、ちょっとぶりっこ見せてよ」

と言った。

リクエストされると思っていなかった。

ぶりっこ、ってどうするんだろう。上目遣いで見つめたらいいのかな？　え、でもそんなことあたししてたっけ？　そもそもあたし自覚はなかったし。

えっと、えっと。

おろおろと手を無意味に動かしてどうにか再現しようとするけれど、まったくわからない。どうしよう。

「ぶ、ぶははは！　なにそれ！　変な踊り！」

「踊りじゃないし！」

「下手くそすぎるでしょ、もっと本気出してよ、ぶりっこ！」

「わかんないんだもん！　自分ではわかってなかったし！」

お腹を抱えて笑うふたりに真っ赤な顔で怒ると、ふたりはより一層笑った。ぜえぜえと呼吸を乱し、涙を拭う。そんなに面白いことをした覚えはないのに。

「まあ、そういうことだよ、美久」

「なにが」

「気にする人もいれば気にしない人もいる。あとはまあ、悪いふうに受け取る人はなにをしたって悪く受け止めるから」

そういう、ものなのだろうか。

「美久だって、有埜くんと別れる前だったら、さっき私と有埜くんが話している姿見ても、なんにも思わなかったでしょ」

そうかもしれない。

「わたしも、今まで男子としゃべらなかった美久が、陣内くんと急に仲良く話してるから、ちょっと嫉妬しちゃったしね」

そういうものなのか。

今まで見えていたものが、そのときの気持ちでかわって目に映る。そういうものなのかもしれない。

「っていうか面と向かってそういうことという相手は無視していいよ。どうせ嫉妬でもしてたんじゃないの?」

「……あ、ああ、そうなの、かな。景くんとつき合ってたから、あたし」

そういえば景くんと一緒にいたのを見られたことからその話になったような。

「はあ? なにそれ? どういうこと?」

「え？　あ、あたしと景くん、実は中学のときに一度つき合ってて」

気づかなかったー！　となぜか眞帆が悔しがっている。

「今までそんなことで悩んでたの？　バカだなあ、美久」

浅香がため息を吐く。

「ひとりの意見が全員な意見なわけないじゃん。っていうか、そばにいる私たちよりもそんな子の意見を参考にするのがムカつくよね」

「わかる。まちがいない」

険悪だったふたりは、なぜか意気投合をした。

でも、ふたりの言葉がうれしくて、胸がぎゅうと締めつけられる。

「その子にはそう見えた。だからって私や眞帆まで同じように見えてるなんて決めつけないでよ、失礼ね」

「……ごめん」

かみちゃんにあたしがそう見えたのは、まちがいないだろう。

あのときそばにいた友だちも。でも、全員が同じように見えていたかは、わからない。眞帆や浅香がちがうと言ってくれるなら、もしかしたらちがうように思っていた子もいたかもしれない。

「中学のときの美久を知らないけど、そうじゃないって言い切れるよ、わたし」

「そんなに美久は器用じゃないよね。話聞いてる限り誰にでも笑って話してただけじゃないの？　つまり嫉妬でしょ」

「浅香だって、彼氏にべったりの束縛彼女とか言われてるしね」

「仲がいいのを嫉妬してるだけでしょ。どうでもいいわ、そんなの」

「わかってくれない人にわかってもらう必要もないしね」

知らなかった。ただただ羨ましいと思っていただけだ。

ずっと、人は一面だけしか見られないんだと思っていた。

だから、裏があるんだと。

でも、見る人がちがえば、見えかたはかわってくる。

眞帆も、浅香も、同じだ。まわりがどう言おうとも、あたしにとってのふたりは、言いたいことをはっきり言う眞帆と、大人で落ち着きのある浅香だ。

「あ、でもひとつだけ言っていい？」

はっと顔を上げた眞帆があたしを見る。

「ミーハーなところは全然隠せてなかったけどね」

にんまりと口角を上げて言われて、笑ってしまった。

今まであたしは、なんてくだらないことで自分をがんじがらめにしていたのだろう。

気づいてしまえば、こんな簡単な、誰だってわかるようなことだったのに。

ため込んでいたものを吐き出して、からっぽになったから、素直に受け止められたのかもしれない。景くんの言ったとおりだった。

もしかしたら景くんも、あたしをそんなふうに見てくれていたのかもしれない。

あたしですら知らなかったあたしを、見ていたのかもしれない。

顔が歪んでゆく。視界がじわじわと滲んでいく。


「で、美久はこのままでいいの？」

浅香があたしの顔を覗き込んできた。なにを考えていたのか、きっとバレてしまったのだろう。

「眞帆に嫉妬するくらい好きなんでしょ？　別れたって言ってたけど」

「ちゃんと話せばー？　また泣かれても困るしさあ。好きなんでしょ」

うん。好きだ。

怖くて逃げたくなったくらいに、好きなんだ。

だから、これで最後にするから――すべてを伝えていいかな。

あたしは、まだ、今まで一度も景くんとちゃんと話をしていない。

交換日記についても、お互いの気持ちも。

話したい。
ちがう。
伝えたい。
そして、話をしたい。

今さらなにを言っているのかと言われるかもしれないけれど、それでも。
好きだ。
言葉にするだけで、涙がじわりと浮かぶ。
けれど、その想いはあたしの弱さを勇気にかえてくれた。

ミルキーホワイトの、明日

あたしもずっと　かっこつけてた
かっこ悪いあたしを見せないようにと
自分のことばっかりだった

ごめんなさい

あたしはただ
景くんがあたしと一緒にいて
楽しいと思ってほしかった

だから無理してほしくなかった

好きな人に無理をさせる自分が

きらいだった

でも　それでも　やっぱり好きです

ほかの人なんて考えられない

もう一度　つき合いたいです

今、あたしの心臓は、いまだかつてないほどばくばくと激しい音を鳴らしている。昼休み、理系コースの校舎までやってきて、手にしているノートをぎゅっと抱きしめた。

この返事は、あたしの手で直接、景くんに手渡そうと決めた。

眞帆と浅香には「突然やる気出しすぎじゃない？」と言われたけれど、ここまでしなくちゃ覚悟が決まらない。中途半端に勇気を出すくらいなら、思い切りやってしまったほうがいい。逃げ道はひとつもなくしてしまえばいい。

あたしの中にあるグラスをすべてひっくり返して、からっぽになるんだ。

いざ！

ドアに手をかけて、勢いよく開ける、と思ったよりも大きな音が教室の中に響いた。

突然の物音に、教室にいた理系コースの生徒があたしに視線を向ける。もちろん、その中には景くんもいた。

息が、うまくできない。

心臓がおかしくなる。

手足の感覚が、なくなってくる。

それでも前に進み、景くんを目指す。

お弁当を食べている最中だった景くんは、目を大きく開けて瞬きもせずにあたしを見つめた。いつもはなにか言いそうな陣内くんも、口を閉じたままだ。

「美久？」

「これ」

震える手で、ノートを景くんに差し出した。

景くんが今、どんな顔をしているのか、あたしは目をつむっていてわからない。せめてなにか話してほしいけれど、拒絶の言葉だったら気を失うかもしれない。

奥歯を噛みながら彼の反応を待っていると、手元のノートを景くんが取ったのがわかり、そっと瞼を持ち上げる。

景くんはあたしの目の前でノートを開いた。

……なんか、今さらながらすごいことをしてしまったと思い知る。

教室がシンと静まりかえっていて、みんなが景くんに注目していた。ノートをめくる音がやたらと大きく聞こえて、そのたびに胸がぎゅうぎゅうと苦しくなる。

これは、この場で返事を言われるのだろうか。

その覚悟はしていたけれど、実際この場に立つと、やばい。いろいろやばい。

体中から変な汗がだらだらと流れ落ちているような気がした。

景くんはノートを読んで、ちらりと一瞬あたしを見た。

そして、

「おれも好き」


クラスのど真ん中で、堂々と、口にする。その瞬間、教室がざわついた。

同じようなことが、前にもあった、よね。

「ちょ、ちょっと待って……。な、なん、なんで」

「え？　そういう話じゃないの？」

口をパクパクさせるあたしに、景くんはちょっと焦った表情を作った。

平然と『好き』とか言うから思考回路がショートしてしまう。

そういう話ではあるのだけれど、そうじゃない。

なんで景くんはいつもそう、まわりが気にならないのか。そして今さら戸惑いの表情を見せるのか。

「そ、そうだけど、こんなところ、で」

「え？　あ、ああ、そうか」

あたしの言葉に景くんは小さくうなずき、なにを思ったのか、ペンを取り出してノートに書き込みはじめた。

え、ノートに書くの？　なんで？

やばい、景くんの気持ちが全然わからない。

彼のとなりにいる陣内くんがそれを覗きこんで見つめていた。景くんはそれに気づいていない。

「はい」

あっけにとられていると、今度は景くんがあたしにノートを差し出してくる。それを素直に受け取り、今度はあたしが中を開いた。

おれも好き

え、さっき聞いたけど。

いや、そうじゃなくて。うれしいけど！　うれしいけど！

なにかがちがう。というかなんか話がかみ合っていない気がする。なんで。

ぽかんとしていると、景くんは「え？　なにその顔」と眉を寄せた。

なんだろう、この釈然としない気持ち。あたしだけが必死な感じ。

景くんをそっと見てから、これはあたしもノートに書いたほうがいいのだろうかと、ペンをお借りして景くんの机の前でしゃがみ込んだ。

っていうか、これ、景くんに返事書くの丸見えになるよね。

なんでノートでやり取りを続けているのだろう。

それだけ？

それを見た景くんは、首を捻りノートを引き寄せる。

そして、ちらっとあたしの顔に視線を向けてから、不思議そうな表情でペンを走らせた。

それ以外にどう言えばいい？
好きだから好きって言ったのに
つき合おうとかのほうがよかったのか？
口に出す方がいいんじゃなかったのか？

そうだけど
なんで好きとか言うの？
別れたのにおかしいじゃん！
それにノートのこといつから知ってたの

別れたのにって　それを言うなら美久だろ
美久こそいつから知ってたんだよ
あとひとつ気になったんだけど　さっきのノートの
〝ほかの人なんて考えられない〟ってなに？
なんでもうほかの人を好きになること考えてんの？

ほかの人の話をしたのは
景くんが先でしょ
ほかにも好きなやつがって言ったから
だから　そんなの考えられないって

いや　そういう意味じゃないし
なんでそんな勘ちがいすんの？
好きな相手にほかのやつ薦めるわけないだろ

知らないよ　わかんないよ
じゃあ　あの返事なんだったの？

美久のこと心配してる友だちのことだよ
意地張って気を遣っても
ちゃんと美久のこと考えてるって
伝えようと思って

わかるわけないじゃん
ちゃんと言ってくれないとわかんない
景くんはもうあたしのことは
好きじゃないんだって思ってたし

そう書き込んだ瞬間、景くんが「めんどくさ……」と呟いた。

え、今なんて？　面倒くさいって言ったの？　この状況で？

「そうだよあたしは面倒くさいんだよ！」

「あーそういう意味じゃない。そういう意味だけど、そうじゃない」

なにが。

「言っただろ。『からっぽになっても、おれはいるつもりだから』って」

「……言ってた、けど」

「なんであそこまで言ってるのに美久がおれの気持ちを信じてないのか、受け入れないのかがわかんねぇ」

それ、は。それは……。

あれは、そういう意味だったのか。なんのことかな、とは思ったけれど。ただ単に、そばにいてくれるという、応援しているとか、認めているとか、そういう感じかと思っていた。

「美久は思い込みが激しいんだよ」

はあーっとため息を吐かれてしまう。

あたしも悪い。けれど……景くんだってあんな回りくどい言い方しなくてもいいじゃないか、と文句を言いたくなる。

「おれは、ノートの相手が美久だって、結構前から気づいてたし」

景くんの耳は、ほんのりと赤くなっていた。

「相手が美久だってわかってなきゃ告白なんてできるわけないだろ」

あのときにはもうすでに、知られていたの？

じゃあもう、全部筒抜けだったんだ。だから、あたしにあれこれ聞いて、その通りに振る舞っていたのか。てっきり参考にされているだけだと思っていた。

「ノートがあったから、美久の好みもわかったわけだし」

「それは、あたしも、だけど」

お互い様だった。

お互い相手を気にして、相手のためにと想った気持ちが空回りして、すれちがっていた。もっとはやく、素直に口に出していればこんなややこしいことにはなっていない。

でも、こうならなければ、気づけなかった。受け入れられなかった。

景くんが好きなことも。

景くんがあたしのことを好きだと言ってくれる気持ちも。

「そもそも美久は、おれのことが好きじゃないと思ってたし」

「え？　なんで？」

どうしてそうなった。

弾かれたように顔を上げて景くんを見ると、景くんは「弱みにつけ込んだから」と言う。たしかにあのとき、景くんは『利用していい』と言った。

でも、あたしはそうじゃないって、言ったよね？

え、言ってなかったっけ？

記憶を探るけれどよくわからない。

でも、景くんがはじめからそう思っていたのなら、あたしたちは最初からすれちがっていたのでは。

「告白されたらだれでもいいって言ってたし」

「おれのこときらいだって言ってたし」

「そ！　それは」

言ったけども！

そうじゃない。ちがう。最初から全部説明しなければすれちがい続けてしまう。景くんがこんなに考えていたなんてちっとも気づかなかった。自分のことばかりだったからだ。あたしのバカ。

どうしようかとパニックになっていると、机の上のあたしの手に、景くんの手が重なる。彼のぬくもりが伝わってきて、不思議なことに気持ちがすうっと凪いでいく。

「幻滅した？」

「……してない。けど、あたしが気づくより先だったのは狡《ずる》いと思う」

あたしがわかったのは告白の返事をしてからなのに。そのときにはもうすでに景くんはなにもかもお見通しだったなんて。

「美久」

あたしの中指を、景くんがきゅっとにぎる。

やさしく、すがるように。

「誰かの意見が気になるなら、おれのことだけ気にしてよ」

その言い方は、狡すぎる。

きらい。そういうのは、狭くてきらい。

でも、胸が締めつけられて、喉が萎んで、でも顔が熱くなって、目が潤んでくる。

あたしの視界には、もう、景くんしか見えなくなる。

と。

「——なあ、そろそろいいか?」

陣内くんがあたしたちのあいだに顔を出した。

はっとしてまわりを見渡すと、教室にいた生徒がみんな悲しげな顔をしている。

え、なんでそんな顔されているの。

「お前らが教室なのを忘れてふたりの空気になるから、みんなが心を閉ざしはじめただろ」

「そ、それ、は」

たしかに。

景くんと目を合わせて、手がつながっていることに気づき慌てて離す。

「はいはい、あとはふたりで仲良くやれ」

白けた拍手を送られてしまった。けれど、みんなの表情はどこかあたたくも感じる。

とにもかくにも今は教室を出なければ、と景くんと並んで廊下に出た。廊下でもあたしたちの会話は注目されていたようで、みんなから突き刺さるような視線が送られてくる。

「あのさ」

景くんがためらいがちに声をかけてきたので振り返る。

「おれ、私服がダサいんだよ」

「え？　え、そ、そうなんだ」

この前のデートではそんな感じはなかったけど。

その無言で、もしかしたら中学時代の景くんが、デートでずっと不機嫌そうだったのも、たいした理由はないんじゃないかな、と思った。

あのころ、もしもお互い素直になってたらどうなっていたのかな。

「今度のデートは、あたしが計画してもいい？」

「どこ行く？　キラキラの場所でも着いていってやるよ」

「景くんおもてなしコースにする」

前は、あたしのことばかりだったから。どちらかひとりじゃない。あたしたちはふたりだから。

これから、まだまだ知らないことを共有していけばいい。

もしかしたら、お互いにいやだな、と思うことがあるかもしれない。でも、それも含めて、きっとあたしは景くんを好きだと思う。

なに考えているかわからないところはきらい。でもいつも堂々としているところは、好き。どっちも同じだ。

きらいなところも、好きなところも、どっちもあっていい。

「……美久はおれのこと、好きじゃないと、思ってた」

ふ、と笑いながら、景くんが目元を手で覆う。

泣いてる、の？

なんで、泣くの。

「先に泣くのは、ずるい」

ぼろぼろと涙があふれて止まらなくなる。

頬を伝う涙が、ぽたんとノートに落ちて染みを作ったのが見えた。

あたしだってうれしいのに。

まるで景くんのほうがうれしいみたいだ。

そんなの、うれしすぎて、泣くしかできない。

景くんは、本当のあたしを知っていてくれた。

それは、あたしの思う本当のあたしではなかったかもしれない。今も美化されている気がするし、そんなあたしのために、景くんはちょっと無理をしたりもするようなな気がする。

でも、不思議なことに、今はそんな景くんが好きだなと思った。

あたしも、きっとそうなるからだ。


目にしたのは、知ってしまったのは、お互いの弱音と、本音。

だから、あたしたちは知らないふりして、本当の姿に気づかないまま好きになった。

きらいだと思った姿も、好きだと思ったノートの言葉も、ホントは全部好きだった。

どちらもあるから、好きになった。


「景くん、またあたしが迷ったら、手を差し伸べてね」

「美久も、面倒くさがりのおれの世界をどんどん広げて」

「好きだよ」

「うん、おれも」

「あたしのほうが、好き」

「なんで張り合うんだよ」

頭に、景くんの手が添えられる。ちょっと涙の滲む声が愛おしい。

へへ、と笑うと、景くんはあたしの体をぐいと引き寄せた。

そして、廊下の真ん中であたしを思い切り抱きしめる。
耳に届く歓声は、遠いどこかのもののように聞こえた。
思い切り笑うと、世界は白く輝いた――ような気がした。

好きです

あたしと付き合ってください

これから
よろしくおねがいします

瀬戸山　美久

この物語はフィクションです。実在の人物、団体等とは一切関係がありません。

櫻いいよ先生へのファンレターのあて先
〒104-0031　東京都中央区京橋1-3-1　八重洲口大栄ビル7F
スターツ出版（株）書籍編集部 気付
櫻いいよ先生

交換ウソ日記3
〜ふたりのノート〜

2021年10月28日　初版第1刷発行
2023年6月6日　　　第9刷発行

著　者　　櫻いいよ　

発 行 人　菊地修一
デザイン　西村弘美
発 行 所　スターツ出版株式会社
〒104-0031
東京都中央区京橋1-3-1　八重洲口大栄ビル7F
出版マーケティンググループ　TEL 03-6202-0386
（ご注文等に関するお問い合わせ）
URL　https://starts-pub.jp/
印 刷 所　大日本印刷株式会社

Printed in Japan

ISBN　978-4-8137-1168-1　C0193

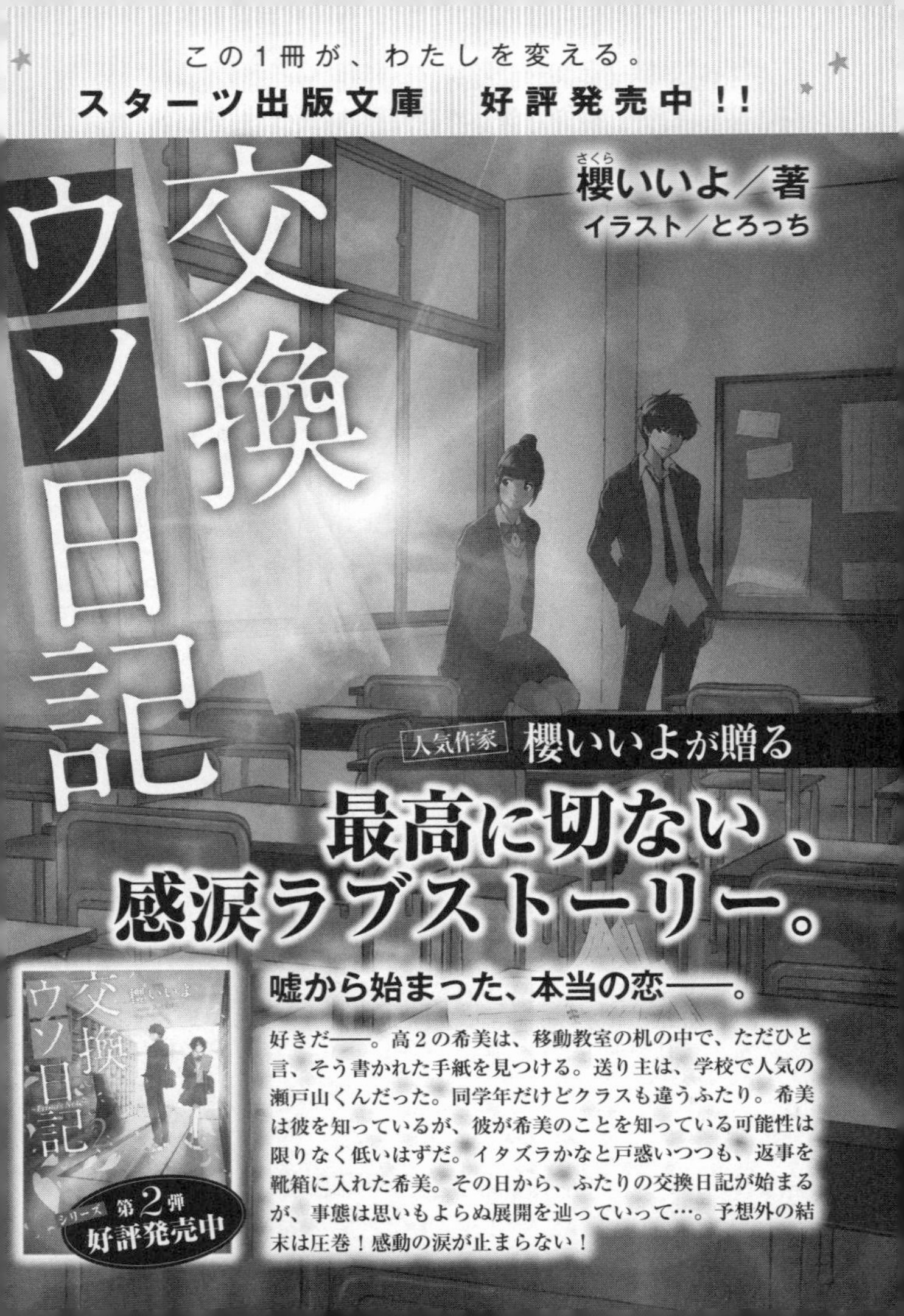

この1冊が、わたしを変える。
スターツ出版文庫　好評発売中！！
交換ウソ日記
櫻《さくら》いいよ／著
イラスト／とろっち
人気作家　櫻いいよが贈る
最高に切ない、
感涙ラブストーリー。
嘘から始まった、本当の恋——。
好きだ——。高２の希美は、移動教室の机の中で、ただひと言、そう書かれた手紙を見つける。送り主は、学校で人気の瀬戸山くんだった。同学年だけどクラスも違うふたり。希美は彼を知っているが、彼が希美のことを知っている可能性は限りなく低いはずだ。イタズラかなと戸惑いつつも、返事を靴箱に入れた希美。その日から、ふたりの交換日記が始まるが、事態は思いもよらぬ展開を辿っていって…。予想外の結末は圧巻！感動の涙が止まらない！
シリーズ　第２弾
好評発売中